マイ・ベスト・フレンド

作　ジャクリーン・ウィルソン
絵　ニック・シャラット
訳　小竹由美子

童話館出版
子どもの文学●青い海シリーズ・20

もくじ

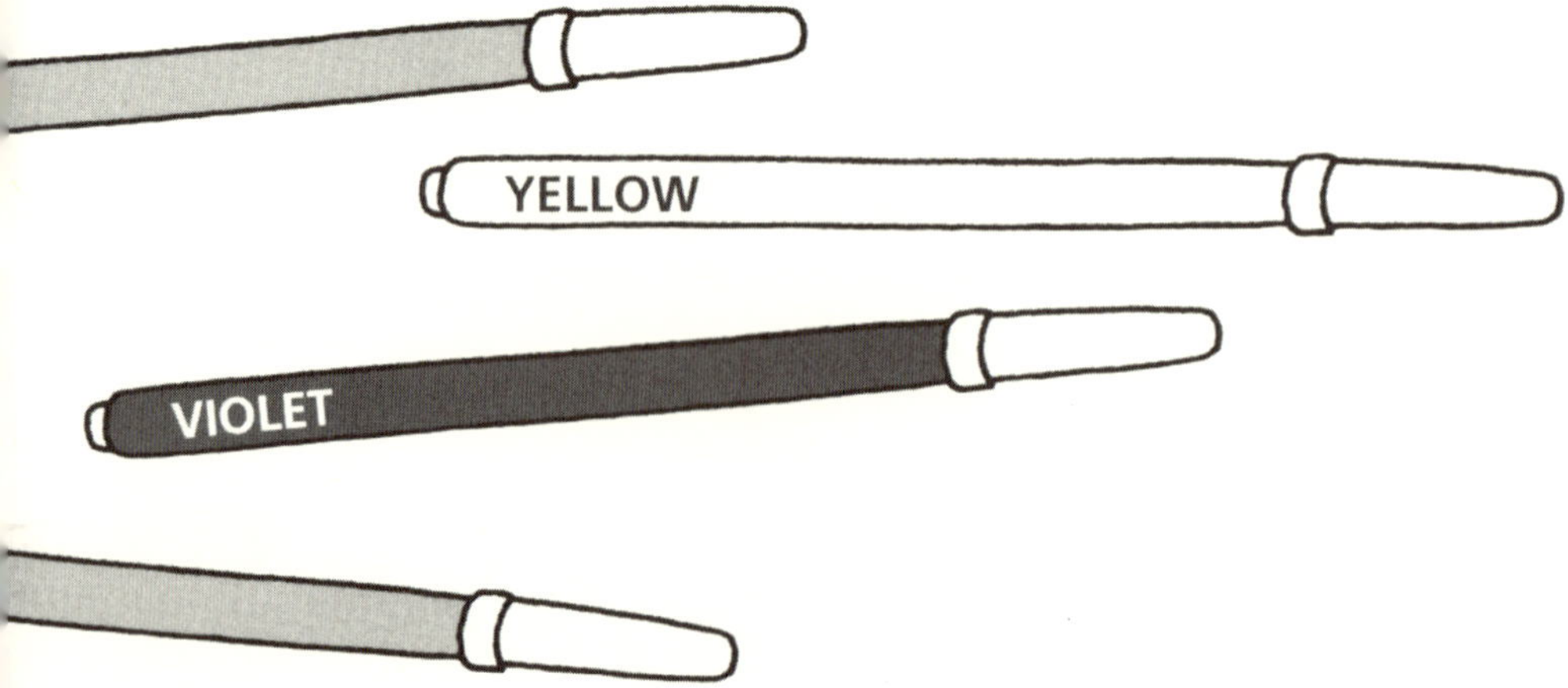

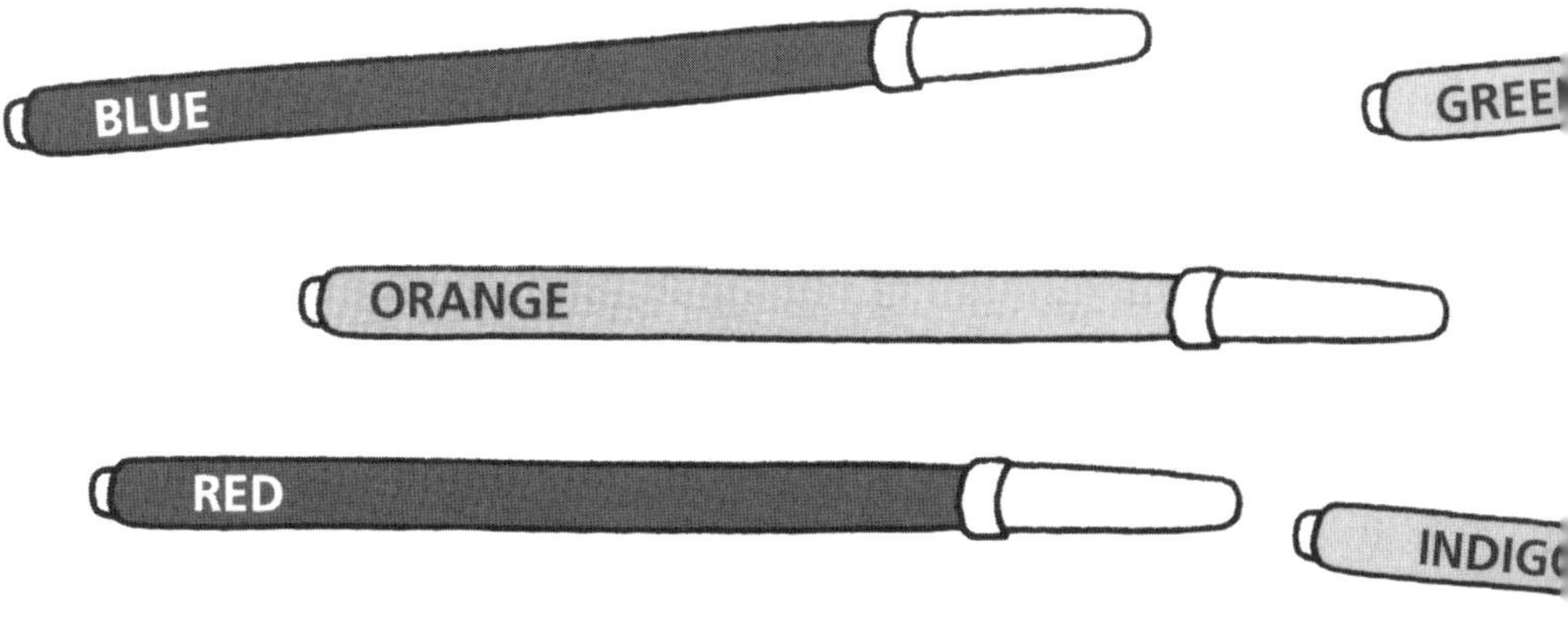
BLUE
GREE
ORANGE
RED
INDIGO

作家仲間でもある たいせつな友人、レベッカ・ヒルマンへ

赤の章

待ちぶせされている。

角《かど》を曲がったとたん、あの子たちが見えた。向こうのバス停のそばで、待ちかまえている。メラニー、サラ、そして、キム。キムがいちばん、質《たち》が悪い。どうしたらいいのかわからない。足を一歩、踏みだす。サンダルが歩道にねばつくように重い。

三人は、ひじでつつき合っている。わたしを見つけたんだ。ここからでは、眼鏡《めがね》をかけていてもよく見えないけれど、キムはきっと、あの、にやにや笑いを浮かべているんだろう。

立ち止まって、うしろを振り返る。学校へ逃げこもうか？　でも、今までもずっと学校で、ぐずぐずしていたんだし。校門はもう、閉まっているかな？　だけど、先生がひとりくらい残っているかも。お腹《なか》が痛いふりでもすれば、車で送ってもらえるかもしれない。

「マンディーを見てよ！　学校へ逃げ帰るつもりだよ。弱虫赤ちゃん！」

キムが叫《さけ》んだ。

なんだか、魔法の眼鏡で、頭の中を見すかされているみたい。もちろん、キムは、眼鏡なんてかけていない。キムのような女の子は、ぜったい眼鏡はかけないし、歯に矯正《きょうせい》のブレースもはめない。ぜったいに太らない。ダサイ髪型もしない。子どもっぽい、へんな服も着ない。

学校へ逃げ帰ったって、三人はやっぱり追いかけてくるだろう。だから、わたしは歩きつづけた。ひざが、がくがくしたけれど、顔が見えるところまで近づいた。キムは、やっぱり、にやにやしている。三人ともだ。どうしたらいいんだろう。

お父さんは、「こっちも、からかってやればいい」と言う。

でも、キムみたいな子をからかうなんて、できない。からかう材料もないしね。

お母さんは、「相手にならないでいなさい。そのうち、あきるから」って言う。

でも、この子たちは、まだあきない。

どんどん近づいていく。サンダルが、相変わらず地面にねばつく。体もねばついてきた。服が背中に張《は》りつく。前髪の下で、おでこもぬれている。

でも、なんとか平気なふりをしようとした。三人を無視して、まっすぐ前を見る。アーサー・キングがバス停にいる。わたしは、三人の代わりにアーサーを見つめた。アーサーは本を読んでいた。いつも本を読んでいる。

わたしも本が好き。アーサー・キングが男の子なのは残念。それに、ちょっと変わってるし。そうでなかったら、友だちになっていたかもしれない。

わたしには今、ちゃんとした友だちがいない。まえは、メラニーと友だちだったけれど、メラニーは、サラと仲良くなった。そして、キムが、ふたりを仲間にすることにした。

メラニーはいつも、キムのことをきらいだって言ってた。でも、今では、キムの『親友』だ。キムが、だれかと友だちになりたいと思ったら、必ず、そうなる。逆《さか》らうことはできない。

キムは、とてもこわいから。

とうとう、キムの前まできた。もう無視することはできない。向き合うしかない。キムの、輝《かがや》く黒い目、艶《つや》やかな髪。大きな口が笑っている。白い歯をずらりと見せて。

目をつむっても、キムが見える。まるで、眼鏡《めがね》を通りぬけて、わたしの頭の中に、直接、踏みこんでくるみたい。にやにや笑いながら。

「この子、目をつむってる。ねえ、ぶつかってやろうよ」キムが言った。

わたしは、あわてて目を開けた。

「どうかしてるね」と、サラ。

「また、ごっこ遊びをしてるんじゃないの」メラニーが言った。

三人は、どっと笑った。

メラニーが、わたしたちだけの遊びのことを、ふたりにしゃべってしまったなんて、あんまりだ。目が、ちくちくしてきた。

わたしは必死でまばたきした。なにがあっても泣いちゃいけない。

相手になるな、相手になるな、相手になるな。

「この子、相手にならないつもりだよ！」

キムが、わかってんだから、というように言った。

「『こんな、いじわるで乱暴な女の子たちなんか、相手にしたらだめよ』って、オカアチャマに言われたんでしょ？」

こうなったら、仕方がない。相手にならないわけにはいかない。

キムはわたしの真正面、片側にはメラニー、もう一方にはサラがいる。囲まれてしまった。

わたしはつばを飲みこんだ。キムは、にやにやしている。

「ところで、オカアチャマはどこよ?　ちっちゃなマンディーを、たったひとりで帰らせるなんて、オカアチャマらしくないわね。わたしたち、オカアチャマを探してたのよ。ねえ、メル。ねえ、サラ?」

わたしのお母さんを見かけると、いつも、三人はこづき合って、なにかささやきながら、くすくす笑う。わたしがお母さんといっしょだと、もっとひどくなる。まずいことに、お母さんがわたしの手をにぎったところを、振りほどかないうちに、三人に見られてしまったことがある。そのあと何週間も、そのことを言われつづけた。

キムは、子どもをつないでおくベルトやベビーカーや、哺乳《ほにゅう》びんの話までつけ加えた。マンガみたいな赤ちゃん用おしゃぶりの話も。

三人は今も、つっつき合ったり、ささやいたり、くすくす笑ったりしている。わたしは、キムに返事をせず、よけていこうとした。でも、キムもわたしに合わせて動くから、向かい合ったまま、ぐっと接近してき

た。キムはわたしより大きい。

「ちょっと、あんたに言ってんのよ！　聞こえないの？　怒鳴《どな》らなきゃだめなの？」

キムが、かがみこんできた。艶《つや》やかな黒い髪が、わたしのほほにふれる。

「オカアチャマは、どこなのよ！」キムは、わたしの耳もとで怒鳴った。

頭の中にとどろくキムの声に、脳のひだのすみずみまでかきまわされるような気がした。わたしは必死で、あたりを見まわした。アーサー・キングが本から目をあげて、こっちを見ている。

アーサーに見られるなんて、たまらない。わたしは、なんでもないふりをしようとした。

「お母さんは歯医者へ行ってるの」

ごくふつうの会話をしているみたいに、わたしは答えた。

メラニーとサラがくすくす笑いだした。キムは相変わらず、にやにやしている。

「へえー、歯医者ねぇ」キムも、ふつうのおしゃべりみたいな調子だ。

「うん、そりゃそうよね。あんたのお母さん、歯医者へ行かなくちゃならないわよねぇ、マンディー？」キムは、答えを待った。

答えたほうがいいのかどうか、わからない。わたしも、次の言葉を待った。

「あんたのお母さん、歯医者に行かなきゃならないにきまってるわよねぇ。あんなにしわだらけで、白髪《しらが》だらけの年寄りなんだもの。歯なんて、全部、ぼろぼろよねぇ。総入《そうい》れ歯《ば》にしにいったんでしょう？ マンディー」

そう言いながら、キムはきれいな歯並びを見せつけて、にんまりと笑った。その歯で、噛《か》まれているような気がした。

残酷《ざんこく》にすこしずつ、何度も何度も。

「お母さんのこと言うのは、やめてよ」

おどしつけるつもりだったのに、まるで、お願いしているみたいな声になってしまった。

どっちにしろ、効《き》きめはないけれど。

キムが話しはじめたら、だれも、だまらせることはできない。わたしには、とてもむり。

「あんたのお母さん、わたしのおばあちゃんより、年をとってるように見えるわよ。ううん、ひいおばあちゃんよりもかな。あんたを産んだとき、お母さん、いくつだったの？ 六十才？七十才？ 百才？」

「ばかなこと言わないで。うちのお母さん、そんなに年とってない」

「じゃあ、何才なのよ?」

「あなたに関係ないでしょ」

「五十五才よ」と、メラニーが口をはさんだ。

「お父さんはもっと年上で、六十二才」

顔が赤くなるのがわかった。メラニーと親友だったときに教えてしまったんだ。だれにも言わないって、誓《ちか》ったくせに。

「すっごい年寄り! うちのお母さんなんて、たったの三十一才よ」サラが言った。

三人はいっせいに、おばあさんのまねをしはじめた。唇《くちびる》をぴちゃぴちゃいわせ、足をよろめかせる。

「やめてよ!」わたしは叫《さけ》んだ。眼鏡《めがね》がくもる。でも、アーサー・キングの姿は見えた。また、本を読みだしたアーサーの顔も、赤くなっていた。

「あらあら、オカアチャマっ子のおちびちゃんったら、声を震《ふる》わせちゃって」

キムは、そう言うと、ふざけるのをやめてメラニーに腕《うで》をまわした。

「で、お父さんのほうはどうなの? ギョロ目のへんなジジイ?」

「お父さんはね、おかしなあごひげをはやしてて、スモックを着てるの」

メラニーは答え、キムに、ぎゅっと抱きしめられて、うれしそうな顔をした。

「スモック！ ワンピースみたいなの？ マンディーのお父さん、ワンピース着てるんだって！」

キムが叫《さけ》ぶと、みんなは、体を折り曲げて笑い転げた。

「スモックはワンピースじゃないわよ。それに、男性用のスモックなの。漁師が着るものよ。おとうちゃまは、絵を描くときに着てるだけ」

わたしは必死に大声をだした。

「オトウチャマ、だって！」

三人は、また歓声《かんせい》をあげた。

顔から、火がでそうになった。どうして、「おとうちゃま」なんて言ってしまったんだろう。ほかの子たちみたいに「お母さん」「お父さん」って言うように、すごく気をつけていたのに。わたしだって、おとうちゃまのスモックは、ちょっと

へんだと思う。それに、お母さんも、白髪《しらが》がなくて、綿《めん》のワンピースがぴちぴちに張《は》りつくほど太ってなくて、サンダルが食いこむような太い足じゃなければいいのに、と思う。ほかの子のお母さんみたいに、若くてかっこよくて、きれいだったらいいのに。お父さんも、ほかのお父さんみたいに、若くて、力があって、わたしを、空中で振りまわしたりしてくれたらいいのに。

そうなってくれたらなあと、夜、ベッドの中で空想してみることがある。わたしはもらいっ子で、いつかほんとうの両親が連れにきてくれるんだって。ほんとうの両親は、うんと若くて、すてきで、かっこいい。わたしが流行の最先端《さいせんたん》のかっこうをしたり、思いっ切り大きな音で音楽をかけたりしても、なにも言わないし、マクドナルドで食事もさせてくれる。ひとりででかけても、帰りがうんと遅《おそ》くなっても平気。ぜったいに怒らない。

こんなふうに想像しながら寝てしまう——。空想の両親のことは名前で呼ぶ。ケイトとニッ

クっていう、かっこいい、今ふうの名前で。

そして、ふたりは夢にもでてくる。でも、夢の途中《とちゅう》、ケイトとニックとわたしがディズニーランドへ急いでるときとか、ハードロックカフェのレジでお金を払《はら》おうとしているときとか、いちばんいいところで、いつもといっていいくらい、突然、どこからともなくお母さんとお父さんがでてくる。ふたりはいつもよりいちだんと老《ふ》けた顔で、心配そうに必死でわたしを呼ぶ。聞こえないふりをして、ケイトとニックといっしょに、逃げながら振り向くと、お父さんとお母さんは、へたりこんで泣きはじめる。

次の朝は、ひどく罪悪感を感じる。目覚ましが鳴ると、すぐに跳《は》ね起きて一階へおり、両親のためにお茶を入れる。そして、眠そうな顔でお茶をすするふたりのベッドにもぐりこむ。ふたりはわたしに「いい子だね、おちびちゃん」って言う。

もう大きいのに。いつもいい子ってわけでもないのに。

うんと悪い子にだってなれるのに。

「あのね、ほんと言うと、むりに『おとうちゃま』『おかあちゃま』って呼ばされてるの。でもね、ほんとうのお母さん、お父さんじゃないの」

突然、だれかの声がした。自分の口が、止めるひまもないうちにしゃべってしまったらしい。わたしはびっくりした。向こうもびっくりした。キムでさえ。

三人は、わたしを見つめた。うしろのバス停のアーサー・キングも、こっちを見つめている。

「あんた、なに言ってんの？」キムが、腰に手をあてて言った。

Tシャツが、ぺたんこのお腹《なか》にぴったりくっついている。キムは、クラスの女子でいちばん細くて、背も高い。十六になったらファッションモデルになるそうだ。

メラニーとサラもなるって言ってるけど、ふたりはそもそも美人じゃない。

大きくなったらなにになりたいかなんて、わたしにはわからない。ただ、わたしでいるのをやめたいだけ。大きくなったら、まったく新しい人間になりたい。マンディー・ホワイトではなく。

「あの人たち、ほんとうの両親じゃないの。それに、わたしのほん

とうの名前は、マンディー・ホワイトじゃないの。これはね、秘密なの。

わたし、赤ちゃんのときにもらわれたのよ。ほんとうのお母さんに会ったんだけどね、すごいの。ファッションモデルなのよ。すごくすてきな人で、しょっちゅう新聞にでたりしてるの。名前を言えば知ってると思うけど、言っちゃいけないことになってるの。とにかく、お母さんはうんと若いときにわたしを産んで、キャリアのじゃまになるから、養子にだしたんだけど、ずっと後悔《こうかい》していて、連絡はたやさないの。育ての親たちはいやがるけど、やめさせることはできないでしょ。お母さんは、いつもわたしにすてきなプレゼントを送ってくれるの。かっこいい服とか、すてきな靴《くつ》とか、いろいろ。でも、育てのお母さんは気に入らないから、みんなトランクにしまいこんで、こんな子どもっぽい服しか着せてくれないの」

だんだん口がなめらかになって、絹糸《きぬいと》をつむぐように、話が、するするとでてきた。うんと細かく話を織りあげていく。三人とも、わたしの話を信じこんでいる。サラは口をぽかんと開いている。

キムでさえ、感心した顔で聞いていた。

でも、メラニーを忘れていた。メラニーが急に頭を振った。

「うそつき！ そんなの、うそよ。全部でたらめ。わたしは、あんたの家へ行ってたんだからね。あんたの両親も知ってるし。あの人たちは、ほんとうの両親でしょ。

トランクなんて、どこにもないし、それに――」

「トランクは屋根裏に置いてあるの。ほんとよ。誓《ちか》ってもいいわ」わたしは言い張《は》った。

「あーら、そんなこと、誓わないほうがいいんじゃないの」メラニーは言い返した。

「だって、わたし、知ってるんだもん。みんなうそだって。あんたのお母さんが、あんたをうちに迎えにきたとき、コーヒーを飲みながら、うちのお母さんにいろいろ話してたんだから。

何年も不妊治療《ふにんちりょう》とかっていうものを受けたけど、もう赤ちゃんはできないって、あきらめてたんでしょ。養子をもらうにも年をとりすぎてたし。ところが、突然、あんたができた。

『わたしたちの奇跡《きせき》の赤ちゃん』、あんたのお母さんは、そう言ったんだって。うちのお母さんが言ってた。ほらね、あんたはうそつきよ！」

「うそつき！」

キムは言ったけれど、どういうわけか、まだ感心したような顔をしていた。

キムの目の揺《ゆ》らぎを見て、今日はもう、やめてくれるかも、このまま帰してくれるかもしれない、と期待しそうになった。

無意識に、半歩くらい横に動いたのかもしれない。でも、その半歩がよけいだった。

「だめだめ。まだ帰すわけにはいかないわよ、まぬけな大うそつきの奇跡《きせき》の赤んぼう、マンディーちゃん」キムが言った。

「うそつき」メラニーもうなずく。

「うそつき、うそつき、パンツに火がつく」サラも言った。

三人は、パンツという言葉にくすくす笑った。

「そうだ、きょうは何色のパンツはいてるのよ、マンディー？」

キムは、いきなりわたしのスカートをつかんで、まくりあげた。

「やめてよ。やめて」スカートを押さえながら、わたしは必死で叫《さけ》んだ。

でも、キムは見てしまった。

「あーら、かわいい。白のパンツに、ちっちゃなウサギさん！　オカアチャマお手製《てせい》のカーディガンについてる、ちっちゃなウサちゃんとおそろいね」

キムは、長い骨ばった指で、ウサギをぴんとはじいた。

「かわいそうなオカアチャマ。『奇跡のマンディー』みたいな、いけない子のために、せっせと編《あ》みものしてるんだ――娘は、自分はもらいっ子だってあちこちで言いふらしてるっていうのにね！　オカアチャマが知ったら、どおぉぉぉぉんなにショックを受けるだろうねぇ」

まるで、胃の真ん中をはじかれて、穴が空《あ》いたような気がした。

「なんでお母さんにわかるのよ？」声がかすれる。

「わたしたちが聞いてみるのよ。明日、あんたのお母さんが迎えにきたときに。『ホワイトさん、養子にしたとき、マンディーはいくつだったんですか？』こう聞いたら、お母さんは言うわね、『あら、マンディーは実《じつ》の娘ですよ』そしたら、こう言ってやるの、『マンディーの言ってることと違《ちが》いますね。自分はもらわれた、誓《ちか》ってもいいって言ってますよ』ってね」

キムの目は、ぎらぎら光っている。メラニーとサラは、どっちつかずにくすくす笑った。

キムが、冗談《じょうだん》で言っているのかどうか、わからないのだ。

わたしには、キムが本気だとわかった。お母さんに話しかけているキムの姿が目に浮かぶ。お母さんの顔も。耐《た》えられなかった。

「ひどい、ひどい、ひどいわ！」

わたしは叫《さけ》ぶと、キムの顔を思い切りひっぱたいた。キムはわたしよりずっと背が高い。でも、わたしの腕《うで》はひとりでに上へあがって、てのひらが、しっかりキムのほっぺたをとらえた。手があたったほうのほっぺたは、まっ赤になった。もう片方は白いのに。キムの目の色がいちだんと深まった。

「やるじゃない」キムは、足を踏みだした。

「やられる」と思った。キムから逃げようと、サラを突きとばし、メラニーの横をくぐりぬけて、道路に飛びだした。キムに殺されると思ったのだ。

大きな赤いものが目にはいった。ブレーキの音。バスだ。

わたしは悲鳴をあげた。そして、倒れた。

オレンジ色の章

「マンディー！　たいへんだ！　死んじゃった！」

　わたしは目を開けた。

「死んでないわよ」声が震《ふる》える。

　アーサー・キングがかがみこんでいた。眼鏡《めがね》がななめになり、ショックでぽかんと開いた口もななめにゆがんでいる。まわりに人が集まって輪ができた。女の人がわたしの横にひざをついた。なにもかもがぼうっとしている。まばたきしてみた。でも、みんなぼやけたままだ。

　わたしはなんとか起きあがろうとした。

「だめよ。救急車がくるまでは、じっとしてなきゃ。バスの運転手が、今、電話で呼んでるからね」ひざをついた女の人が言った。

　救急車だって！　ひどいけがをしたんだろうか？　わたしは、腕《うで》や足を動かしてみた。どこもふつうに動くようだ。こぶができていないか、頭をさわってみる。手をあげると痛い。ひじまで痛みが走った。

「だいじょうぶだからね。さあ、名前と住所を教えてちょうだい。お母さん

に知らせてあげるから」と、女の人。

「この子、マンディー・ホワイトです。同じクラスなんです」

アーサー・キングが言った。

「あんた、この子を追いかけていた、悪い子たちの仲間？」

女の人は、きつい口調《くちょう》で言った。

「ちゃんと見てたのよ！　バスのいちばん前に乗っていたから。この子、あの子たちに追われて、道路へ飛びだしたんだわ。死んでいたかもしれないのよ」

「ぼく、ほんとに死んだのかと思った。ぼくがあいつらを止めればよかったんだ」

アーサーは体を震わせた。

「あなたのせいじゃないわ」

わたしは言った。そして女の人を見あげた。

「この子じゃありません」

「男の子じゃない、女の子たちだったぞ」だれかが言った。

みんながあたりを見まわしたけれど、キムもメラニーもサラも姿を消していた。

「こんなに小さい子をいじめるなんて！　いくつなの、お嬢《じょう》ちゃん、八つ？」

「十才です。来月、十一才になります」わたしは答えた。

「おうちはどこなの、マンディー？」女の人がたずねた。

「ウッドサイド通り五十六番地です。でも、わたし、だいじょうぶですから。お母さんには知らせなくていいです。きっと、ものすごく心配します。どっちみち、家にはいないし。歯医者に行ってるんです」

わたしはまた、なんとか起きあがって座ろうとした。

まだ、ものがちゃんと見えない。突然、理由がわかった。

「眼鏡《めがね》！」

「ぼくが持ってるよ、マンディー。でも、ふたつに折れちゃってるんだ。きみのポケットに入れとこうか？」アーサーが言った。

「お嬢ちゃんの具合はどうだい？」

バスの運転手がアーサーを横へどけて、わたしのほうへかがみこんだ。

「だいじょうぶですから」

壊《こわ》れた眼鏡を気にしながら、わたしは、かぼそい声で言った。

「すぐに救急車がくるからね。見たところ、だいじょうぶそうだけど、ちゃんと検査してもらったほうがいい。病院に連れていってもらって、お母さんにも連絡してもらわなきゃ」

「わたしがします」あの女の人がうなずいた。

「だめ」わたしは泣きだした。

「あらあら。ショックを受けたのね」

「おれだってショックだよ」バスの運転手が言った。

「なにしろ、急に飛びだしてきたんだからな。この小さい子と、ほかの子たち。どうしようもなかったよ。バス停に着くところで、ちょうど速度をおとしていたからよかったようなものの。でも、ちょっとぶつかっちまったようだ。この子は、気を失って倒れたんだと思うよ、バスに跳《は》ねとばされたんじゃなくて」

「ぼくは、てっきり死んだと思った。倒れたまま、動かないんだもの」

アーサーはそう言うと、ひざまずいている女の人と、バスの運転手の向こうから、骨ばった指を差しのべて、わたしの手をにぎった。

「泣かないで、マンディー。ほんとうに、もうだいじょうぶなんだね?」

泣きだしたら止まらなくて、なにも言えない。

手もひどく痛んできて、アーサーの手をにぎることもできなかった。

救急車がくると、アーサーはさっさと押しのけられ、わたしは運ばれていった。早く家に帰りたかったのに。大きな赤ちゃんじゃあるまいし、わあわあ泣くのはやめなくちゃ、と思った。ハンカチを持っていないのに、鼻水がずるずる唇《くちびる》までたれてくる。でも、救急車の女の人が親切にティッシュをくれて、わたしの体に腕《うで》をまわし、

「しっかりしなさい、ヒヨコちゃん」

と励ましてくれた。そのうえ、コッコッとめんどりの鳴きまねをして、笑わせようとしてくれた。

病院に着くと、また、おそろしくなった。病院にくるのは初めてだったし、テレビにでてくる病院では、いつもだれかが叫《さけ》んだり、血まみれになったり、手術台《しゅじゅつだい》の上で体が切りひらかれ

て、ぬらぬら光る内臓が、丸見えになったりするんだもの。

ほんとうは、ぜんぜんそんなことはなかった。ただ、待合室があって、人がたくさん座っているだけ。わたしは小部屋に入れられた。ひとりなのを見て、看護師さんが話し相手になってくれた。それから、お医者さんがきて、わたしの体をつつきまわしたり、目に光をあてたりした。そのあと、レントゲンを撮《と》りに行った。じっとしてなきゃならないだけで、すこしも痛くなかった。レントゲンを撮る人が、機械の働きについて説明してくれて、いくつか質問をすると、頭のいい子だってほめられた。なんだか楽しくなってきた。それから、小部屋に戻って、レントゲン写真ができるのを待っていると、突然、お母さんの声がした。そして、お母さんが駆《か》けこんできた。顔には血の気《け》がなく、歯医者の注射のせいで、ほほがはれている。

「ああ、マンディー！」

お母さんはわたしを抱きしめた。

みっともないことに、わたしはまた、泣きだしてしまった。

お母さんは、まるでわたしがほんとに赤ちゃんになったみたいに、やさしく揺《ゆ》すってくれた。

「もうだいじょうぶ。おかあちゃまがきましたからね」

お母さんのやわらかい体にもたれると、トーストとタルカムパウダー（注）のあたたかい匂《にお》いがした。キムたちに、ほんとうのお母さんじゃない、なんて言ってしまったのが申しわけなくて、わたしはますます激しく泣いた。

「ちょっと待っててね。看護師さんを呼んでくるから。きっと、なにか痛み止めをくださるわ。ふだん、こんなに泣くことなんてないもの、あなた、いつも、とてもしっかりした子なんだから」

「だめ、行かないで。看護師さんなんかいいの。そんなに痛くないの、ほんとうよ。

あのね、お母さん、眼鏡《めがね》を壊《こわ》しちゃったの！　ほんとにごめんなさい」

お母さんは眼鏡のことなんか、すこしも気にしなかった。とても高かったのに。

「瞬間接着剤でうまく直るわよ。あなたのかわいそうな腕《うで》も、同じように簡単に治るといいんだけど！　きっと折れてるんだと思うわ」

結局、腕は折れていなかった。

ただ、ひどくくじいたので、包帯を巻いて、三角巾《さんかくきん》でつってもらった。

「さあ、これでいいわ」

三角巾をふたつ折《おり》にしてゆわえながら、看護師さんが言った。

「もう、バスに飛びこんだりしちゃだめよ、マンディーちゃん」

わたしは礼儀正しく、にっこりしてみせた。なのに、お母さんはむっとした。

「この子は飛びこんだんじゃありません。突きとばされたんです」

包帯を巻いていた看護師さんは気にとめたようすもなく、冗談《じょうだん》を聞いたみたいにほほえんだ。

「笑いごとじゃありません」お母さんは叫《さけ》んだ。

「これは重大なことですよ。この子は、もうちょっとで殺されていたかもしれないんです！」

（注）タルカムパウダー…あせもやただれ防止に皮膚につける粉末。日本ではベビーパウダーとも。

「お母さん！」わたしは声を張《は》りあげた。

お母さんはほんとうに怒っていた。

これまで、お母さんが、人にこんなに失礼な言い方をするのは聞いたことがなかった。

お母さんは、わたしの体を支えようと、腕《うで》をまわした。腕が震《ふる》えていた。

「行きましょ、マンディー」

お母さんは、わたしを小部屋からさっと連れだすと、磨《みが》かれた床《ゆか》の上で、靴《くつ》がキュッキュッと音をたてるほどの勢いで、廊下《ろうか》を歩いた。

病院をでたところにバス停があるのに、お母さんはタクシーに乗せてくれた。

タクシーに乗ったことなんて、二、三回しかない。

こんなにくよくよしていなければ、ゆったり座って、ごうせいな気分を楽しめたのに。

「お嬢《じょう》ちゃん、けがしたんだね」タクシーの運転手さんが言った。

「子どもときたら！　うちのふたりがそれぐらいの年だったときには、病院通いばかりでしたよ。ひどく待たされたりしますしねぇ」

「それがね、わたしが病院に着いたら、この子はひとりにされてたんですよ」

お母さんは、腹だたしそうに言った。

「初めは看護師さんが相手をしてくれてたのよ、お母さん。どうってことないわよ」

「おまけに、脳震盪《のうしんとう》の用心に、ひと晩、入院させたほうがいいんじゃないかとは考えてもくれないんですからね」

「でもお医者さんは、わたしの目をのぞいたりして、あちこち全部検査してくれたのよ」

「いいわ、帰ったらすぐ、マンスフィールド先生を呼んで、診《み》てもらいましょ」と、お母さん。

どこもなんともないとさんざん言ったのに、家に着くと、お母さんは、わたしをベッドに寝かせた。服を脱《ぬ》ぐのは、お母さんに手伝ってもらわなきゃならなかった。三角巾《さんかくきん》で腕をつっていたから――右腕をつっていたので、左腕ではむずかしかったのだ。

お母さんは、特製の病人食を作って、オレンジ色のケシの花模様《はなもよう》の、いちばん上等な黒いお盆《ぼん》で持ってきてくれた。のっている食べものもオレンジ色だった。ゆで卵のオレンジ色の黄身、オレンジ色のみかん、お母さんお手製《てせい》のにんじんケーキに混《ま》ざったオレンジ色のつぶつぶ、そして、飲みものはオレンジジジュース。

わたしは、枕《まくら》の下をかきまわして、オランウータンのオリヴィアを探した。

わたしはサルのぬいぐるみを集めている。もう二十二個も持っている。とても古いものもある。おかあちゃまが小さいころに持っていたものだ。おとうちゃまが去年のクリスマスにくれた、わたしと同じくらいの大きさのゴリラもある。みんな好きだけど、お気に入りはオリヴィア。この子はわたしの手と同じくらいの大きさで、毛むくじゃらで、とってもやわらかくて、あざやかなオレンジ色だ。

オリヴィアを横に寝かせて、オレンジのごちそうをすこしわけてやった。

ふたりで食べ終わると、三角巾《さんかくきん》にちょっとのせてやった。

「腕《うで》に気をつけてね！　腕を休ませるために三角巾でつっているのよ。そんなふうに揺《ゆ》すっちゃいけません」

お母さんは、ベッドに腰をおろした。とても真剣《しんけん》な顔だ。

「さあ、マンディー。なにがおきたのか、きちんと話してちょうだい」

寝間着《ねまき》の下で、心臓がドキドキしはじめた。いいほうの手でオリヴィアをにぎりしめ、ケシの花のお盆の上の、空《から》っぽのお皿に目を落とす。

「なにがおきたのかは知ってるでしょう、お母さん。道路に駆《か》けだしたの。そしたら、バスがきたの。ごめんなさい。初めに、ちゃんと見ればよかったのに。

もう二度とこんなことしません、誓《ちか》います。だから、怒らないで」

「あなたに怒ってるんじゃないのよ、マンディー。じゃあ、どうして、道路に駆けだしたのか、教えてちょうだい」

そのとき、玄関《げんかん》のベルが鳴って、話は中断された。マンスフィールド先生だった。

夕方の診療を済ませて、すぐきてくれたのだ。先生は、初め、とても親切だった。

オリヴィアやほかのサルたちをほめて、包帯と三角巾のこともほめてくれた。お母さんは手《て》際《ぎわ》がよくて、プロなみだって。

「病院の看護師さんがしてくれたんです」

わたしが言うと、マンスフィールド先生はお母さんに腹をたてた。

病院で処置をしてもらったんなら、もう診察することはないというのだ。

ふたりが言い争っているあいだ、わたしはずるずるとふとんの中へもぐりこんで、小さくなっていた。この中に隠《かく》れて、サルの人形たちと洞穴《ほらあな》ごっこをして遊んでいられたら、どんなにいいだろう、と思いながら。

マンスフィールド先生が帰ってしまっても、ふとんの外にでたくなかった。

お母さんがまた質問を始めるにきまっている。でも、なんて答えたらいいかわからない。

わたしは眠そうな顔をして、ちょっと昼寝したいと言ってみた。

いつものお母さんなら、昼寝はいいことだと言うのに、きょうはわたしのおでこをさわって、頭が痛くないか、たずねた。きっと、脳震盪《のうしんとう》をおこすと眠くなるんだな、とわたしは思った。やっぱり脳震盪をおこしたのかもしれない。心配になってきた。ほんとうに頭が痛くなりはじめたから。お母さんも、「だいじょうぶ、心配しなくていいから」と何度も言いながら、不安そうだ。

外で車の音がした。お父さんがロンドンから帰ってきたのだ。お母さんのただごとじゃない声に、お父さんは階段を駆《か》けあがってきた。

ストライプの背広を着ていると、おとうちゃまって感じがしない。お父さんはいつも、家に帰るとすぐにシャワーをあびて、漁師のスモックと古いだぶだぶズボンに着替《きが》える。すると、顔つきまで（いつもの楽しいおとうちゃまに）変わってしまう。でもきょうは、着替えのことなんか、すっかり忘れているようだった。

お父さんは、わたしのベッドに腰をおろして、お母さんが順をおって話すのを聞いていた。お母さんは、初めは落ちついていたのに、だんだん声が高くなって、歯医者から帰ったら玄関《げんかん》に女の人がいて、わたしが事故にあったと知らせてくれたというところまでくると、わっと泣きだした。

「泣かないで、お母さん！」言いながら、わたしも泣いてしまった。

「ごめんなさい。でも、ほんとうにもうだいじょうぶ。頭が痛いのもふつうの頭痛よ。手首もぜんぜん痛くないし。だからお願い、泣かないで」

わたしたちふたりが落ちつくまで、お父さんは両方を抱いていてくれた。お母さんは鼻をすりながら、お茶を入れに行った。お父さんは、わたしを特別やさしく抱きしめた。

「おまえが無事でなんともないんなら、それでいい。お母さんのことは、気にしなくていいよ。ちょっと神経がまいってるんだ。いやな歯の治療《ちりょう》は受けなきゃならないし、おまえはバスにぶつかるし！　お母さんもかわいそうに。マンディーもかわいそうにな」

お父さんは、オリヴィアのやわらかい手で、わたしの涙をふいてくれた。お母さんがお茶のお盆《ぼん》を持って、部屋に戻ってきたころには、わたしは笑っていた。

これで片づいたかと思ったら、お母さんが、女の人から聞いた話をしはじめた。わたしが女の子たちに追いかけられていたという話だ。お父さんの背すじがぴんと伸《の》びた。笑ってはいられなくなった。

「だれに追いかけられたんだ、マンディー？」

お父さんがたずねた。

「またあの三人でしょ。メラニーと、あのすごく意地悪な大きい子、それに、小柄《こがら》で派手なカールの子ね。メラニーがこんな意地悪するなんてねぇ。いい子だと思っていたのに。あの子のお母さんとも、いいおつき合いをしてたのよ。お母さんに電話してみるわ、そして——」

「だめ！ そんなことしないで！」わたしは叫《さけ》んだ。

「当然、話さなくちゃ。あの子たちのお母さんに知らせる必要があるわ。いじめられはじめたとき、すぐにそうすべきだったのよ。それに、学校の先生にも話さないと――」

「やめて！ だめ！」わたしは必死だった。

「さあさあ、落ちついて、マンディー。ほら、お茶をこぼしてるじゃないか。どうしたんだ？ その子たちにおどかされたのか？ なにも言うなって言われたのか？ そんなにその子たちがこわいのかい？」お父さんがたずねた。

「こわいにきまってるじゃない、かわいそうに。こわさのあまり、道路へ飛びだしたんだわ。ああ、考えると、ぞっとする！ バスにひかれてたかもしれないのよ、そして――」

お母さんは、また涙声になった。

「マンディー、その子たちがなにをしたのか、ちゃんと話してごらん」と、お父さんが言った。

「なにもしてない！」わたしは叫《さけ》んだ。

「お願いだから、もうなにも言わないで。それにあの子たちのお母さんになにか言ったり、学校に話したりしないで。そんなことしたら――」

「そんなことしたら、どうなんだい？」お父さんがたずねる。

「みんなにきらわれちゃう」わたしは泣き声になった。

「ばかなことを言うもんじゃないわ、マンディー。だれがあなたのことをきらいになるもんですか。こんなにいい子なのに。先生はみんな、あなたみたいな生徒を教えるのは楽しみだっておっしゃってるわ。あの子たち、マンディーがいつも一番で、かわいがられてだいじにされてるから、ねたんでるんじゃないのかしら。メラニーのお母さんはね、自分の離婚でメラニーをずいぶん不安な気持ちにさせたんじゃないかって、とっても心配してたわ。でも、だからといって、あなたをいじめて追いかけまわしたあげく、道路に飛びださせるようなまねをしていいってことにはならないわ」

「メラニーじゃない。キムよ――」わたしはしゃくりあげた。

「そうか。キムってどの子なんだ？」お父さんがたずねた。

「あの大きな、大人っぽい子ね。わたし、いつもいやな子だなって思ってたの。わたしの悪口を言ってたこともあるのよ」お母さんが言った。

「で、きょうはなにを言われたの？　マンディー」

「わたし——わたし、覚えてない」

「さてさて、マンディー。これはどうしても思い出さないと。この件については、はっきりさせておくべきだよ。たとえ、いやなことでもね。あのキムっていう子は、おまえをおどすんだね？　なぐられるようなことはあるのかい？」と、お父さん。

「ないわよ！」

「確かかい、マンディー？　おまえより、ずっと大きな子だからなあ。じゃあ、追いかけられたとき、ほんとうに、あの子に突きとばされたりしなかったのか？」

「されてない。そんなこと、ぜったいにされてない。ねえ、お願い。もうこのことは、話したくないの」

一方の側にはお母さん、もう一方にはお父さん。ふたりのあいだで、息がつまりそうだった。

逃げだすことも、質問をやめさせることもできない。

「思いだすのもいやだというのはわかってるが、わたしたちは知っておきたいんだ。なぜ、あの子たちから逃げだしたんだい？」と、お父さん。

「わたし、ただ――ただ、家に帰りたかったの」

「でも、あの子たちになにを言われたの？」と、お母さん。

「言ったでしょう、覚えてないの！」わたしは叫《さけ》んだ。

「マンディー？」

ふたりはわたしを見つめた。深刻な、悲しそうな顔をして。

「どうしたのよ、マンディー。うちでは、秘密はいっさいなしじゃないの」お母さんが言った。

「お父さんたちには、なにを言ってもいいんだよ」お父さんも言う。

でも、言えない。

「ほんとうに、ほんとうに覚えてないの」わたしは言い張《は》った。

「そんなこと考えるだけで、頭が痛くなっちゃう。お願い、もう寝てもいいでしょ？ね？」

両親は、話を終わりにするほかなかった。ふたりはそっと下へおりていき、わたしはそのまま、部屋で横になった。外はまだ明るい。眠るような時間ではなかった。ぜんぜん眠くない。どうしても、キムとサラとメラニーのことを考えてしまう。

自分がマンディー・ホワイトじゃなかったらいいのに、と思った。

わたしは空想しはじめた。そうよ、わたしは、子どもっぽくてつまんない、お利口《りこう》さんのマンディー・ホワイトじゃないわ。わたしは……ミランダ・レインボウ。かっこよくて、目立ってる。ばっちりお化粧《けしょう》して、うんとすてきな髪型なの。そして、とびっきりセクシーな服を着てる。耳にはピアス、鼻にはスタッド（鋲《びょう》の形のピアス）。お母さんはいない。お父さんも。たったひとりで、ものすごくしゃれたアパートに住んでいる。ときどき、友だちが泊まりにくる。友だちはどっさりいて、みんなから親友になってと頼《たの》まれる。

ミランダ・レインボウのままで、いつのまにか眠ってしまった。でも、お母さんにふとんをかけられて目が覚めた。そのあと長いあいだ、眠れなかっ

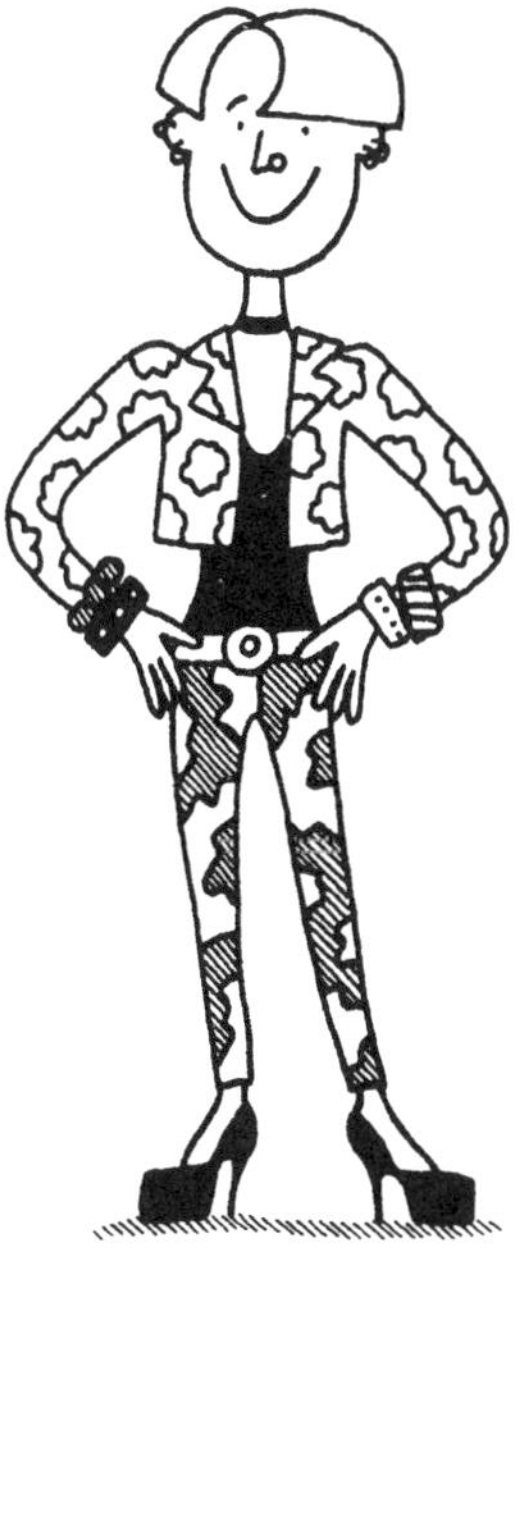

た。真夜中に、マンディー・ホワイトである自分から逃げられなくなってしまったのだ。十五分ごとに寝返りをうって、明日の学校のことを考えた。

メラニーとサラ、そしてキムのことを……。

お母さんが、朝ごはんをケシの花模様《はなもよう》のお盆《ぼん》でベッドに運んできた。

お母さんはわたしのおでこにさわってから、顔をのぞきこんだ。

「まだ、げっそりしてるし、目の下にはくまができてるわ。きょう一日、ベッドで寝てたほうがいいんじゃないかしら、念のために」

このときだけは、お母さんが心配性《しんぱいしょう》で、いつも気をもんでばかりいるのを、ありがたいと思った。キムとサラとメラニーに顔を合わせずに済む。家にいられるんだ。安心して。

お母さんは仕事先に電話して、病気だと言った。

「まんざらうそでもないのよ、マンディー」

お母さんは、うしろめたそうに言った。

「歯がまだ痛むんだもの」

「仕事に行ってもかまわないよ、お母さん。

わたし、ひとりでだいじょうぶだから」

「あなたと家にいるほうが、ずっといいのよ」お母さんは言った。

お母さんは、このごろ仕事があまり楽しくないみたい。お母さんは重役秘書《じゅうやくひしょ》をしている。最近、重役が代わって若い人になった。お母さんは、この人をあまりよく思っていない。いっしょに組んで仕事をしている秘書のことも、よく思っていない。この人も若い人だ。

お母さんは、ふたりのことをいろいろしゃべりはじめた。おもしろくなかったけれど、必要なところでちゃんとうなずいておいた。それから、お母さんは一生懸命、わたしと遊ぼうとした。でも、これもおもしろくなかった。

お母さんがお昼ごはんを作りに下へおりていくと、ほっとした。

フェルトペンで絵を描こうとすると、手首がひどく痛む。いやになって、ケースをひっくり返してしまった。いろんな色のフェルトペンが、カーペット一面に散らばった。わたしはベッドからでて、ため息をつきながら拾いはじめた。窓のほうまで転がったのもある。

拾いに行って、接着剤でくっつけた眼鏡《めがね》ごしに、ぼんやりと外をながめた。道路の向こうの庭で、だれかが乳母車《うばぐるま》を揺《ゆ》すっている。

そこの家には、いつも赤ちゃんが何人かいる。お向かいのウィリアムズさんは、里親《さとおや》をしているのだ。でも、乳母車のところにいるのは、どう見ても、ウィリアムズおばさんではない。おばさんは大柄《おおがら》で、古ぼけたインドふうの服を着ている。今、見えるのは小柄《こがら》で、はっとするようなかっこうの人だ。

最初は大人かと思った。ものすごく短いショートパンツに、お腹《なか》丸だしのタンクトップ、そして、カタカタ音のする、うんとヒールの高い靴《くつ》。でも、目を細めてよく見ると、それほど大人の顔じゃない。ばっちりお化粧《けしょう》はしているけれど。つっ立った短い髪は、オランウータンのオリヴィアとまったく同じ、あざやかなオレンジ色だった。

女の子は上を見あげて、窓から見つめているわたしに気がついた。そして、寄り目をしてみせ、ちろっと舌をだし、わたしに手を振った。まるで友だちみたいに。

黄色の章

晩ごはんのときに、わたしに電話がかかってきた。

「男の子よ！」

お母さんが受話器をよこしながら、声をださずに口だけ動かした。

わたしは、野生動物でも見るように受話器を見つめた。なにか言っている声がする。用心しながら耳にあてた。

「……じゃあ、病院にはあまり長くいなかったんだね？　マンディー。どこか折れたりしてなかった？　ぼく、去年、足を折っただろ。大きなギプスをさせられて、みんながそれになんか書いたよね。詩まであったっけ。あのエッチなの、覚えてる？」

なんだ、アーサー・キングだ。それなら、べつになんともない。

「手首を痛めたんだけど、折れてはいないの。三角巾《さんかくきん》でつっているだけ。ただの布だから、なにも書いたりできないわよ」

「へえ。いや、ともかくさ、きみがなんともなくて、ほんとうによかったよ」

「どうも」

「ほんとうに、だいじょうぶ？　脳震盪《のうしんとう》はおこさなかったんだね？　あんまりしゃべってくれないね」

「あなたが口をはさませてくれないんでしょ」

アーサー・キングは、いつもの犬の鳴き声みたいな、へんな笑い声をあげた。

イヤアアア、イヤアアア、イヤアアア。

でも、まだ気になることがあるような口調《くちょう》だった。

「マンディー？」

「なあに？」

「あのさ、マンディー……」急に、口が重くなる。

「なんなの？」

「きのうは、ごめん。ぼく、ただ、つっ立ってただけだった。

あの子たちがいろいろ言ってたときにさ」

「だって、あなたのことを言ってたんじゃないんだから」

「うん。でも、きみを助けるべきだった」

「なに言ってんの？」わたしは、笑いとばした。アーサー・キングはわたしより小さくて、試合のチームを作るようなときには、いつも最後まで残る子だ。

「あまり騎士道精神《きしどうせいしん》にかなっているとはいえなかったよ」

アーサーは言った。

「なに言ってんの？」わたしはまたくり返した。

「マンディー。そういう、品のないぞんざいな言い方はやめなさい」

お母さんがうしろでささやく。

「その子、だれなの？」

「アーサーは、学校で同じクラスなの」わたしは答えた。

「きみと同じクラスだってことは、知ってるよ」アーサーが言った。

「マンディー、やっぱり脳震盪《のうしんとう》をおこしたんだね」

「違《ちが》うわよ。お母さんに、あなたがだれか話してただけ」

「ごはんがさめちゃうわ、マンディー。さあ、早くいらっしゃいな。

さよならしなさい」

お母さんが呼んでる。

「もう切らなくちゃ、アーサー。キシがどうしたって、なに?」

「なにがなんだって?」

「キシがどうしたとかなんとか、言ったじゃない。きのうのことで」

「騎士道精神だよ! 騎士みたいにふるまうってこと。ぼくの名前と同じ、アーサー王みたいにね。ぼくは、困っている乙女《おとめ》を助けなかっただろ? ただつっ立って震《ふる》えてた。こわかったんだ。最低の弱虫。臆病者《おくびょうもの》。それがぼくさ」

「いいのよ、アーサー。ほんとに。わたしだって弱虫だもの」

「うん。でも、きみはいいんだ。女の子だから」

「ねえ、わたしたち、騎士の時代に生きてるわけじゃないのよ。今の女の子は、助けられたりしないの。自分でなんとかしなきゃいけないの」

「でも、向こうは三人で、きみはひとりだったじゃないか。ぼくは、どうしようもない臆病者だ。ごめんね。ほんとうにごめんね、マンディー」

「いいのよ、アーサー。じゃあ、ごはん食べなきゃいけないから。さようなら」

わたしは、ていねいな口調《くちょう》で言った。

アーサーが電話をくれて、うれしかった。男の子から電話をもらうなんて、初めてだ。

いい気分。とっても気分がよかった。


でも次の朝、わたしは、とても気分が悪いと言い張《は》った。

「ぜんぜん気分がよくないの、お母さん。それに、手首も痛むの」

「まあ、どうしましょう」

お母さんは心配そうにわたしを見た。お父さんは仕事にでかけてしまった。

相談する人はだれもいない。

「ねえ、家にいていいでしょ?」

お母さんはわたしのおでこにさわってから、しげしげと見つめた。

「熱があるようでもないけど。でも、まだちょっと元気がなさそうねぇ。それに、字がまともに書けないんじゃ、学校へ行ってもしょうがないし。じゃあ、いいわ。どっちみち、金曜日だもの。でも、月曜日には、ちゃんと行かなくちゃだめよ、マンディー」

月曜日なんて、ずっと先のこと。今は、忘れてればいいんだ。

お母さんには、仕事に行ってと頼《たの》んだ。ぜったいに、ひとりでだいじょうぶだからって。お母さんが心配しなくていいように、ずっとベッドで寝ているから、とまで言った。

でも、お母さんは聞こうとはしなかった。また、病気で休むと会社に電話したのだ。

「わたしたち、悪い子ね」お母さんは言った。

「ねえ、いっしょにお菓子でも焼かない？ おとうちゃまがお仕事から帰ってきたら、びっくりさせましょうよ。スポンジケーキを作るわ。チョコレート、それともコーヒー味？ あなたが決めてちょうだい。カップケーキも作る？ それに、ジンジャーブレッドマン（注）も、どう？」
粉をふるったり、混《ま》ぜたりする手伝いは、ほとんどできなかった――でも、ボールの中味をなめる

（注）ジンジャーブレッドマン…人の形をしたショウガ入りクッキー。

のには、左手だけでもすこしも困らなかった。

あたたかい甘い匂《にお》いを家じゅうに漂《ただよ》わせて、ケーキやクッキーが焼けているあいだ、あと片づけをしているお母さんを残して、二階の自分の部屋へ本を取りに行った。そして、ウィリアムズさんの家のほうをのぞいてみた。

庭に乳母車《うばぐるま》がある。仰向《あおむ》けになった赤ちゃんが、足をあげてばたばたさせているのが見えた。でも、オレンジ色の髪の女の子はどこにも見あたらなかった。

午前中、何度も自分の部屋に行った。一度は、赤ちゃんが泣いていた。でも、でてきたのはウィリアムズおばさんだった。おばさんは乳母車を揺《ゆ》すったりせず、家の中へ入れてしまった。

ところが、ちょうどお昼まえに、姿が見えた！

あの女の子だ。買い物袋をふたつ抱えて、通りを歩いてくる。また、あのカタカタ音をたてるハイヒールをはいていて、バランスをとるのがたいへんそうだ。きょうはスパッツに、男の人の顔が描いてあるTシャツだ。たぶん、ロックスターだろう。

ウォークマンを聴《き》きながら、音楽に合わせて、オレンジ色の頭をぴょこぴょこ動かしている。ハイヒールをはいて、おまけに荷物まで持っているのに、一、二度、おかしなダンスのステップまでふんだ。わたしは、にやっとした。――すると、その子は急に上を向いてわたしを見た。わたしはカーテンのかげに引っこんだ。胸がドキドキする。ウィリアムズさんちの門がきしむ音がした。それから、ガチャ、ガチャ、ガチャっという音。カーテンのすきまからのぞいた。あの子は、まだわたしを見あげていた。わたしが見ているのに気がつくと、また手を振る。わたしも、振り返した。初めに三角巾《さんかくきん》でつった手を振ろうとして、逆のほうの手に替えた。まぬけでみっともない気がした。女の子の口が動きはじめた。

音楽に合わせて歌っているのかと思ったけれど、まっすぐ、わたしを見ている。唇《くちびる》の動きを読もうと、眼鏡《めがね》の奥《おく》で目を細めた。でもだめ。とてもむりだと首を振ってみせた。女の子は荷物を道に置くと、開いたり、押したりする身ぶりをした。しばらくはそれもわからなかったのだけれど、やがて、気がついた。

窓を開けろと言っているのだ。でも、大きな窓には特別な鍵《かぎ》がついているので、わたしには開けられない。また、首を振るほかなかった。

女の子はイライラとため息をつき、眉《まゆ》をあげた。それから荷物を拾いあげると、ひじでドアをドンドンたたいた。あんなに細いひじで、よく痛くないものだと驚いた。

午後もずっと、あの子がまたでてこないかなと思いながら、窓から外をながめて過ごした。

「なにぼんやりしてるの、マンディー。おいしいお茶を入れたわよ。カップケーキを食べましょ。ね? さあ、元気だして」

お母さんはそう言うと、わたしのお下げを顔の横に持ちあげて引っぱった。笑わせるつもりらしい。

わたしは頭を振って、払《はら》いのけた。

「お母さん、髪の毛、切っちゃだめ?」

「ばかなこと言わないでちょうだい。あなたの髪、とってもかわいいじゃないの」

「そんなことない。長いの、いやになっちゃったの。それに、お下げももういや。このごろは、お下げにしてる子なんていないのよ、ばかみたいに見えるわ。短くしちゃだめ? そして、立たせるの」

「それじゃ鳥の巣だわ！」

お母さんは、カップケーキを食べながら答えた。

「お母さん、ウィリアムズさんには、娘さんがいる？　あのね、里子《さとご》の赤ちゃんじゃなくて、実《じつ》の娘」カップケーキの上の砂糖衣《さとうごろも》をなめながら、聞いてみた。

「そんな食べ方しちゃいけません。そうね、確か、カナダに、もう大人の娘さんがいたと思うわ」

「あの子は大人じゃなかった」

「どの子？」

「ウィリアムズさんのところにいる子。きのう見かけたの。きょうも。赤ちゃんをひとり面倒《めんどう》みてて、買い物もしてた」

「じゃあ、お孫さんかもしれないわね。あなたぐらいの年？」

「もっと上」

「年上でもいいから、あなたと友だちになってくれたらいいのにね。メラニーとはあんなふうになっちゃったしねぇ」

おそろしい学校の世界は、すっかり切り離《はな》しておきたいと思いながら、わたしは身震《みぶる》いした。

「いいことがあるわ、マンディー！　このケーキを少しウィリアムズさんのところへ持っていったらどうかしら？　わたしたちだけじゃ食べきれないもの。そうすれば、その子と知り合いになるチャンスができるわ」

「だめよ、お母さん！　そんなこと、したくない」

とたんに、尻《しり》ごみしたくなった。

「なにをうじうじしてるの」

お母さんは、一枚のお皿に、ケーキをきれいに並べた。

「ほら！　持っていきなさい」

「だめよ、お母さん。お願い。そんなの、なんだかへんよ」

あの子と友だちになりたくてたまらないのに、歩いていって、ドアをノックするだけのことが、どうしてもできない。あの子は、にっこり手を振ってくれた。でも、しかめっつらだってした。あの子は、なろうと思えば、ほんとにほんとのワルになれそうに見える。キムよりもワルに。

「おかしな子ね。いっしょに行ってあげようか？」お母さんが、やさしく言った。

「だって、行きたくないんだもん」

わたしは、動こうとはしなかった。

そこで、お母さんがひとりで、ウィリアムズさんのところにでかけた。わたしは台所で、散らばったケーキくずに、模様《もよう》を描きながら待った。お母さんは、なかなか帰ってこなかった。

自分で行ける勇気があったらなあ。ミランダ・レインボウなら、考えたりせずに、さっさと道をわたっていっただろう。どうしていつも、こんな臆病《おくびょう》なおばかさんになっちゃうんだろう？

臆病者の弱虫。学校でも、そう言われている。それに、「赤ちゃん」って。

それから「ブタのしっぽ」そして「めがねっ子」。それに「きどり屋のがり勉」。

キムはいろんなあだ名を思いつく。毎日のように、新しいゲームも考えだす。

月曜日には、キムになにをされるだろう？

胸が悪くなりかけていたのに、わたしは、カップケーキをもうひとつ口に押しこんだ。

と、玄関《げんかん》の開く音がした。お母さんが帰ってきた。顔が少し赤らんでいる。

「ほんとにまあ、ちょっときまり悪かったわよ。マンディーったら！　いやあね、ターニャがどんな子か、ちゃんと話してくれないんだもの」

ターニャだって！　外国ふうですてきな、めずらしい名前だ。ミランダと同じくらいすてき。いや、もっといい。あの子にぴったり。

「ターニャっていうのね」わたしはうっとりして言った。

「あのね、あの子、ウィリアムズさんのことを『パット』って呼ぶのよ――パットおばさんとも言わないの。もちろん、血のつながりはないんだけど。あの子、里子《さとご》なのよ。まえにいた家庭で、なにかうまくいかないことがあったみたい。小さな子どもの扱《あつか》いがうまいってことで、ウィリアムズさんが二、三週間引き受けることになったんだって。わりと役にたつって、ウィリアムズさんは言ってるわ。でも、あのかっこうときたら！」

「わたしは、すてきだと思うけど」

「まあ、マンディーったら」お母さんは笑った。

「それがね、あの子もあなたが気に入ったみたいで、あなたのこと、いろいろ聞かれたわ。それから、遊びにこないか聞いてって言われたんだけど、あなたはおそろしい事故のあとで、まだあまり具合いがよくなくて、寝てるって言っておいたわ」

「お母さん！」

「だって、あなた、行きたくないって言ったでしょ。あんなに言ったじゃないの！」

「そうだけど、でも——あの子が誘《さそ》ってくれるんなら……」

「あら、お母さんは、あんまり行かせたくないわ。あんな女の子！　あなたとは違《ちが》いすぎるもの。年だって、ずっと上だし。十六才にはなっていると思ったら、まだ十四才だって。信じられる？あんなハイヒールはいて！　自分がなにを引き受けたか、ウィリアムズさんがわかってるといいんだけど」

お母さんは、顔をしかめた。

わたしは、カップケーキの食べ残しを砕《くだ》きながら、自分でウィリアムズさんのところに行っていればよかったと、そればかり思った。お母さんの話を聞かされたんじゃ、ターニャは今ごろ、わたしのことを、どうしようもない赤ちゃんだと思っているだろう。

わたしは確かに、どうしようもない赤ちゃんだ。わたしとほんとうに友だちになりたいなんて、ターニャが思うわけない。

ところが一時間もしないうちに、ドアをノックする音がきこえた。陽気にラッタッタタタッと。

「いったい、だれかしら？」お母さんが立ちあがった。

わたしにはわかっていた！

「ハイヤ！」

お母さんがドアを開けたとたん、ターニャは言った。食べかすを片づけるように、唇《くちびる》をなめている。

「かわいいケーキをありがとう。

すっごくおいしかった」

ターニャは、空《から》のお皿を差しだした。

「あなたが全部食べたんじゃないでしょうね？」

お母さんは、あっけにとられている。

「もちろん、食べちゃった。うん、サイモンとチャーリーも、砂糖衣《さとうごろも》はちょっとなめたけど。赤んぼうはケーキ食べられないからね。まだ歯がはえてないもん。かわいそうなパットは、くだらないダイエットを、がんばってやってる最中だし。だから、あたしはラッキーだったたってこと、でしょ？」

ターニャは、自分のぺったんこのお腹《なか》をたたいて、ウィンクした。

もう、お母さんのほうは見ていない。お母さんを通りこして、わたしを見ていた。

「あんたがマンディーだね？」ターニャはたずねた。

わたしはうなずいた。

「ねえ、ちょっと話しようよ」

ターニャはそう言うと、ハイヒールでつかつかと、中へはいってきた。

お母さんの大きなお尻《しり》をうまくよけて。

お母さんは、振り向いて、眉《まゆ》をしかめた。

「あのね、マンディーは休息《きゅうそく》をとらなくちゃいけないの」

お母さんは、口答《くちごた》えは許さないという口調《くちょう》で言った。

「また、今度ね」

お母さんに、この口調でなにか言われると、いつも胃がきゅっとなって、言われたとおりにしてしまう。

ターニャは笑っただけだった。失礼な笑い方ではない。すばらしい、お日さまみたいな笑顔で、こちらまでにっこりしたくなった。お母さんでさえ。

「でも、もう休息はとったんでしょう。ね、マンディー、わたしに遊んでもらいたくない？」ターニャの言い方は、わたしをずっと年下の、ウィリアムズさんのところの、よちよち歩きの幼児といっしょにしているような調子だった。でも、気にならなかった。

なにも言えないまま、わたしはうなずいた。

ターニャが、玄関《げんかん》でわたしのとなりにいる。ターニャは手をだして、わたしの腕《うで》にふれた。爪《つめ》に、紫《むらさき》のマニキュアを塗《ぬ》っている。爪は、嚙《か》んで短くなっていて、指の先はずんぐり丸い。それでも、なぜか魅力的《みりょくてき》に見えた。

「あんたの部屋を見せてよ」ターニャは、わたしを軽く押した。

わたしは言われたとおり、階段をあがりはじめた。ターニャは、短い爪で、調子よく手すりをたたきながらついてくる。お母さんは玄関に取り残されている。入り口のドアはまだ開いたままだったけれど、ターニャは居座《いすわ》るつもりらしかった。お母さんは、しぶしぶ言った。

「そうね、じゃあ、十分だけよ」

お母さんは、まだ落ちつかない顔で、ぐずぐずしている。いっしょについてあがってくるんじゃないかと、気が気ではなかった。わたしは、わざと、お母さんのほうを振り返らないようにした。そして、ターニャとふたりで部屋にはいると、ドアを閉めた。

「わおーぅ!」ターニャはぐるりと見まわした。

わたしは驚いた。だって、ターニャは、ほんとうに、この部屋が気に入ったみたいだったから。

メラニーはいつも、ばかにしていたのに。

「なにもかもピンクでかわいくって女の子らしいね」

ターニャはそう言うと、ハイヒールをぬぎちらかして、ふわふわのまっ白い敷物《しきもの》に飛びのった。

そして、つま先をもぞもぞさせた。

「あたしさ、こんな敷物がほしいなあって、ずっと思ってたんだ。どうしてこんなにきれいにしておけるの?

わあ、このベッドも好き!」

ターニャはベッドに走って飛びのって、ピンクの小枝模《こえだも》

様《よう》のふとんの上で、楽しそうに弾《はず》んでみせ、明るい髪をフリルつきの枕《まくら》にのせて、寝転がった。

「うーん。これも清潔な匂《にお》い」枕《まくら》を持ちあげて、うれしそうに匂いをかぐ。

ターニャは、オリヴィアを取りあげた。

「こんにちは。あんたはだあれ？」

わたしは、つばを飲みこんだ。

「わたし、サルを集めてるの」

サルの棚《たな》のほうに手を振りながら、かすれ声で説明した。

みんな、きちんと並んでいる。前足をそろえて、棚からたれたしっぽの先を、くるっと丸めている。ゴリラのガートルードだけは別。しっぽがないし、大きすぎて、どうしても、棚にはいらないから、棚の横に座っている。あなたが大好きよ、というように、両腕《りょううで》をひろげて。

ターニャは、たちまち、ベッドからガートルードの毛むくじゃらの腕のなかに移動して、ひじかけ椅子《いす》の替わりにしてしまった。

「彼氏、くすぐるんだ」と、ターニャ。

ガートルードは女の子だと説明するのはやめた。

ターニャが部屋をびゅんびゅん飛びまわるのを見ていたら、めまいがしてきた。

わたしのほうがお客みたいに、おずおずとベッドのはしに座った。

ターニャは、オリヴィアをにぎったままだ。

「やっぱり、これがいちばん好きだな」と、ターニャ。

「その子も、わたしのなの」わたしはうれしくなって言った。

「オリヴィアっていう名前なの」

顔が赤くなる。サルに名前をつけるなんて、ばかみたいだと思われたら、どうしよう。

「こんにちは、オリヴィア。すてきな名前つけてもらったじゃない?」

ターニャは、オリヴィアをうなずかせた。

「そうそう、ほんとにすてきでしょ」

ターニャはオリヴィアになりきって言った。

なんだか声がへんだけれど、そんなことはかまわない。

「この子、わたしと同じ髪の色だ!」

ターニャは顔をゆがめて、声に合わせて、おかしなサルの顔を作った。

「この髪の色、好きかな、マンディー?」

「すてきだと思うわ」

「もちろん、ほんとはこんな色じゃないよ。もともとはさえない茶色なんだ。げっそりだよね」

「そうねぇ」

「黒にしてもいいかな、とも思ったんだけどさ。中世《ちゅうせい》の魔女みたいに。どう思う?」

どう答えたらいいか、わからなかった。意見をたずねられるなんて、驚きだ。ターニャがほんとうにわたしの部屋にいて、話しかけてくれるなんて、まだ信じられなかった。

「でなきゃ、金髪もいいな、あんたみたいな。あんたの髪、きれいだね」と、ターニャ。

「わたしの髪が?」わたしはびっくりした。

「妹も髪が長かったんだ。あんたの髪みたいに。あんた、妹に似てるんだ。窓のそばにいるあんたを見あげたとき、一瞬《いっしゅん》、妹かと思った。どうかしてるよね?」

わたしはおずおずとほほえんだ。

「まえは、妹のカーメルの髪を毎日とかしてやってたんだ。長い髪は得意なんだよ。よかったら、あんたの髪もかっこよくしてあげようか」

「してくれる？」

「まかせといて」

ターニャはわたしを鏡台《きょうだい》の前に座らせると、かっこ悪い三つ編《あ》みをほどいて、ていねいにとかしてくれた。お母さんみたいに引っぱったりしない。

「とかし方がやさしいだろ？」と、ターニャ。

「だって、カーメルったら、もつれたとこを引っぱると、ものすごくわめくんだ。それに、あの子はごそごそ動いてばっかり。あんたは、カーメルよりずっとおとなしいね」

「カーメルも、ウィリアムズさんのところにいるの？」わたしはたずねた。

ターニャはだまったままだった。顔がゆがんでいる。わたしはどきっとした。

ターニャは、すぐにまた、わたしの髪をとかしはじめたけれど、なにも言わなかった。

わたしも、もう一度聞く気にはなれなかった。

ターニャは、わたしの髪を上へなでつけて指に巻き、手ぎわよくひとひねりして、上のほうでおだんごにまとめた。そして、お下げからはずしたゴムで、しっかりとめた。

「気に入った？」

「わあ！」

「そして、前髪はちょっとやわらかい感じに」

ターニャは、おでこに髪をひとすじたらし、両耳の前のほうにも小さなカールを作った。

「イェーイ？」

「イェーイ！」

わたしは、なるべくターニャの口調《くちょう》をまねて、言った。自分が、まるで違《ちが》って見える。大人っぽい。なんだか、ミランダ・レインボウみたい。

「スプレーある？」ターニャが聞いた。

わたしは首を振った。

「持ってたほうがいいよ、形が崩《くず》れないから。それに、アップにするんなら、専用の髪どめとかバンドとか、いろんなものがあるよ。カーメルは、いっぱい持ってた」

ターニャは、ちょっとだまってから、つづけた。

「弟たちの髪も、あたしが世話してたんだ。月に一回、切ったりとかね。いつも、とってもかわいくしてやってたんだよ。弟がふたりいるんだ、ショーンにマティー。それから、妹のカーメル。あたし、まるで母親みたいに、みんなの面倒《めんどう》をみてた。

だから、パットのところにきてるんだ。小さな子の扱《あつか》いがうまいから。でも、女の子がいればよかったのになあ。へっ！パットのとこは、ちびのサイモンに、どうしようもないチャーリー、赤ちゃんのリッキーだもんね。みんなわめきちらして、そこらじゅう、めちゃくちゃにしたり、自分のおちんちんいじくりまわしたり。小さな男の子には、うんざりだよ。

大きな男の子にもね。三週間まえにボーイフレンドと別れたんだけど、ほんとのとこ、せいせいしたね。なにしろ、ブタ野郎だったからさ」

ターニャは、そのボーイフレンドのことを、ただブタ野郎と言っただけではない。さんざんひどい悪口を言った。わたしは、顔が赤くなったのを気づかれなきゃいいけど、と思った。

お母さんに聞かれないように部屋のドアを閉めておいて、ほんとうによかった。

「ほんと、男の子はぞっとしちゃうよ。そんでね、いっしょに遊べる小さな女の子がいたらなって、思ったんだ」

ターニャは、わたしにやさしくほほえんだ。

わたしもほほえみ返したけれど、もじもじしないではいられなかった。

「わたし、そんなに小さくないの。十才なのよ」

ターニャは目をぱちくりした。

「そんなわけないよ！　せいぜい八つくらいだと思ってた。ずいぶん小柄《こがら》なんだね！」

わたしは、なおさら赤くなった。

「だけど、あたしだって小柄なんだよ。このハイヒールぬいだらね」

ターニャは、わたしがハイヒールをほれぼれとながめているのに気がついた。

「よかったら、はいてみてもいいよ」

「ほんと？」

わたしは、はいていた室内ばきをけとばすと、黒いスエードのストラップのハイヒールに、そろそろと足を入れた。とってもすてきだ。

部屋のドアが急に開いたので、びっくりして、

靴《くつ》が片方ぬげてしまった。

「マンディー！　足首痛めるわよ」

お盆《ぼん》を持ってはいってきたお母さんが叫《さけ》んだ。眉《まゆ》をしかめている。

「人の靴をはくなんて、あまりいいことじゃありませんよ」お母さんは言った。

わたしは、ため息をつきながら、もう片方もぬいだ。

「その髪、いったいどうしたの？」お母さんが聞いた。

「ターニャがしてくれたの。とってもすてきでしょ」

「ふーん」

お母さんは、お盆をベッド横のテーブルに置いて、ターニャに目を向けた。

「飲みものとおやつは、どうかと思って。帰るまえに。

まだ、ケーキでお腹《なか》がいっぱいかもしれないけど」

「いえいえ、あたし、いつだってなんでも食べられちゃうの——こんなにやせてるんだけどね」

ターニャは言った。

「それ、コーラ?」

「いいえ、これは黒すぐりジュースのライビーナ（注）よ。それに、ジンジャーブレッドマン。手作りなの」

「ジンジャーブレッド人間だよ」と、ターニャ。

「あたしがいたホームでも、みんなで作ったけど、マンは男って意味だから、そんな呼び方したら男女差別なんだって。だってさ、女だってズボンはくでしょ？」

ターニャは、ジンジャーブレッド人間をつまんで、しげしげながめた。

「これを、ちゃんと女に見えるようにしちゃおうよ、ね、マンディー」

ターニャは、小さな、するどい歯で、ずんぐりした足のぐるりをかじりとった。

「ほらね、スパッツをはいてるみたいになった！」

ターニャは笑い、わたしも笑った。わたしもジンジャーブレッド人間を取りあげた。

わくわくしているせいで、お腹はぜんぜんすいていなかったけれど、わたしも同じようにかじった。

「ほら、わたしのも女になった」

口からくずを飛ばしながら、わたしは言った。

「口にものを入れてしゃべるんじゃありませんよ、マンディー」

（注）ライビーナ…イギリスではポピュラーな清涼飲料水。

お母さんはベッドに近づいて、ふとんと枕《まくら》を整えた。

そのまま、ベッドに座りこむつもりみたいだ。

「もう行ってよ、お母さん」わたしは急いで言った。

お母さんはショックを受けたような、驚いた顔をした。でも、なにも言わなかった。

お母さんはでていった。お母さんの気持ちを傷つけたのかなと、胸がずきんとしたけれど、そんなこと気にしてはいられない。今はだめ。ターニャがいるんだもの。

ターニャは、ライビーナをすすった。

「新しい口紅《くちべに》だよ、どう、マンディー？」

ターニャは、そまった唇《くちびる》をチュッと言わせた。

「この爪《つめ》に、ぴったり」

ターニャはジンジャーブレッド女を食べてしまった。オリヴィアとガートルードにも食べさせる。まだ、わたしのことを赤ちゃんだと思っているみたいなふざけ方だ。でも、気にならなかった。世界じゅうのなにもかも気にならなかった。

だって、ターニャと友だちになれたんだもの。

ターニャは、自分のTシャツの男の顔にも、食べさせるまねをした。

「ほら、カート、ひと口あげるよ」と、ターニャ。

「それ、だれ？」

「あんた、カートがだれだか、知らないの？」

ターニャは、目をぐるっとまわして、ため息をついた。

そして、男の人のぼさぼさ髪をうやうやしくなでた。

「この世でいちばん偉大なロックスターだよ。あたし、大好きなんだ」

「男の子はぞっとするって、言わなかった？」

わたしは、思い切って聞いてみた。

ターニャは、わたしをちょっとこづいた。

「あんまり内気でもなくなったじゃん。でもねぇ、お利口《りこう》さんのお嬢《じょう》さま、彼は男の子じゃありませーん」

「うん、じゃ、男」

「男でもないよ。この人はね、死んじゃったから、天使なんだ。それとも、悪魔かな」

「死んじゃったの？」

わたしはびっくりした。こんなに若そうなのに。

「自殺したんだ」

ターニャは、ガートルードの腕《うで》のなかから立ちあがり、部屋を歩きまわって、遊び道具入れの引きだしを、次々開けた。ターニャに自分のものをさわられても、ちっとも気にならない。ターニャは、大きな金属の箱にはいった、色とりどりのフェルトペンセットを取りだした。

「わお！まだ使えるやつばっかり？」

「うん」

「絵を描こうよ、ね？あたし、色を塗《ぬ》るの、大好きなんだ」

わたしは、画用紙を探した。三角巾《さんかくきん》から腕《うで》をだして、指を動

かしてみる。だいじょうぶ、ちゃんと描ける。手首は痛むけど、かまわない。いつもは机で描くんだけど、ターニャはカーペットに寝転んで、本の上に画用紙をひろげた。わたしも同じようにした。

「あたしのお母さんさ、自殺したんだ」

ターニャの言い方が、あまりにさりげなかったので、聞きまちがえたのかと思った。

わたしはターニャの顔を見つめた。ターニャは、わたしがぎょっとしたのを、見てとった。

「お母さんはね、自分で自分を殺しちゃったんだよ」

自殺がどういうことか、わたしが知らないと思ったらしい。

「それは……たいへんだったわね」わたしはつぶやいた。

「うん、お母さんさあ、どっちみちいつもぼうっとして、まともじゃなかったんだ。気にしないでね、もうずっと昔のことなんだから。あたしがうんと小さかったころ。でも、まだお母さんのこと、覚えてるよ。描いてみようか?」

ターニャは、長い紫《むらさき》のドレスを着た、きれいな女の人の絵を描いた。紫の羽《はね》もはやして、緑と青の羽毛《うもう》をフリルのように並べる。

わたしは、なにを描いたらいいか、わからなかった。

お母さんは描きたくない。

「あたしを描いてよ」

ターニャが言った。

そこで、できるだけ念を入れて、なるべくすてきに描いた。短いオレンジの髪、にっこり笑った口元、かわいい紫の爪《つめ》。靴《くつ》のストラップも、全部描いた。Tシャツのカートの顔まで描きこんだ。

「うまいじゃない。よし、今度は、あたしがあんたを描くよ」

ターニャは、ふさふさした長い黄色の髪の、おかしな、ぽっちゃりした女の子を描いた。

わたしは、喜んでいいものかどうか、わからなかった。わたしがもじもじしているのを見て、ターニャは、ストラップのハイヒールで厚底の、すてきなサンダルを足に描き足した。

下には、緑の芝生《しばふ》の長い線を描く。サンダルの底が線にちゃんとついていないので、まるでダンスしているように見える。

紙のいちばん上には、空の青い線を引いた。わたしの頭の真上では、大きな黄色いお日さまがきらきら光っている。

それから、ターニャは上のほうにタイトルを書いた。

ターニャの字はがたがたで、まちがっているところもある。

でも、そんなことはどうでもよかった。

「あたしの　ともたち　マンデー」

これが、ターニャの書いた言葉だった。あんまりうれしくて、頭の上でほんとうにお日さまが輝いて、そのあたたかな黄色い光の中で、ダンスしているような気分だった。

あたしの ともたち マンデー

緑色の章

月曜日になった。学校へ行かなくちゃならない。お母さんがついてきた。いちばん上等の紺《こん》のスーツを着ている。かなりきつそうだ。

スーツには、ピンストライプという細い線がはいっている。お母さんのおでこにも、ピンストライプができていた。うんと怒っているときにだけ、そんなしわができる。

「お母さん、お願いだから、なにも言わないでね」わたしは頼《たの》んだ。

角《かど》を曲がって、お母さんといっしょに歩いているメラニーと並んでしまったときには、死にたくなった。

メラニーは、わたしを見るとまっ赤になった。泣きそうな顔だ。

メラニーのお母さんは、わたしのお母さんと、天気や休みのことなど、大人の話を始めた。

メラニーとわたしは、おたがいを見ないようにしながら、のろのろ歩いた。

するとと、メラニーが、ちょっとしゃくりあげるのが聞こえた。

「あんた、死んじゃったかと思った」メラニーがささやいた。わたしは、あっけにとられた。

「次の日、学校にこないんだもん。アーサーは、あんたが救急車で連れていかれたって言うし。

でも、もうなんともないのね？」

「手首がおかしいだけ」

わたしは腕《うで》を伸《の》ばして見せた。見せるものはなにもなかったけれど。

もう三角巾《さんかくきん》は必要なかったから。

「ああ、マンディー」

メラニーはほっとして、ふわふわした前髪を吹きあげるほどのため息をついた。

「キムでさえ心配そうだったの、ほんとよ」

わたしは、おずおずと笑った。

「マンディー……」メラニーは口ごもりながら言った。

「あのね、あんたがなんともなくて、ほんとうによかった」

わたしはうなずいた。メラニーは、言いたいことがたくさんあるのに、言えないんだな、と思った。まるで体全体にふうっと息を吹きかけられて、弾《はず》むように軽くなった気がした。わたしはなんともない。メラニーは、わたしがなんともないのを喜んでくれている。

これでまた、すべて、問題はなくなるような気がした。

でも、学校に近づくにつれて、メラニーはわたしから離《はな》れ、しゃべらなくなった。キムに見られるのを用心しているのだ。

そして、校門までくると、お母さんが、急にメラニーのお母さんと話すのをやめて、メラニーを見すえた。

「あなたがもうマンディーとお友だちじゃないなんて、残念だわ」お母さんは言った。

メラニーは、また赤くなった。メラニーのお母さんも、どぎまぎしている。

「そうねぇ、ちょっとけんかでもしたのかしらね。でも、女の子って、そんなもんでしょ」

メラニーのお母さんは、困った顔で言った。

「ちょっとけんかした、なんてもんじゃないわ。おたくのメラニーを責《せ》めてるわけじゃないの。

別の女の子よ。キムっていう」

「そうなの、メラニーが、どうしてあの子と親しくするのかわからないんだけど。だいたい、なぜ、みんなで仲良くできないのかしら。でも、まあ、子どもたちどうしで解決していくんじゃないかしらね」と、メラニーのお母さん。

「わたしは、きちんと解決するつもりよ」

お母さんはそう言うと、校門をぬけて、ずんずん校庭へはいっていった。

わたしはあとを追いかけた。

「お母さん！　お母さん、どこへ行くの？　なにをするつもり？」

「エドワーズ先生と、ちょっとお話するのよ」

わたしはめまいがした。校長先生だ。

「校長先生なんかに、話さないでよ」ショックで、キーキー声になる。

「みんなに、きらわれちゃう。みんなに、いやな告げ口屋《つぐちや》だって思われる」

「ばかなことを言わないで。あなたは、知らん顔してればいいの。なにも気にせず、教室に行けばいいのよ。お母さんはね、エドワーズ先生にちょっとお知らせしておきたいの、学校でどういうことがおこっているかをね」

「でも、お母さんにはわかってないのよ。だめ……」わたしは泣き声になった。

お母さんはやる気だ。止める手だてはなかった。

わたしは、とぼとぼとスタンレー先生の教室にはいった。キムがいた。前で立っている。大きくなったように見える。自分が縮《ちぢ》んだような気がした。

メラニーがわたしを指さしながら、キムになにか言っている。サラもいる。キムは、唇《くちびる》を噛《か》みながら、話を聞いている。「マンディー」と言っているのが聞こえた。お母さん、という言葉も。

「わかった」

キムはそう言うと、両手を腰にあてて、わたしのほうを向いた。

ところが、スタンレー先生が、バラの籠《かご》を持ってせかせかとはいってきて、田舎《いなか》で過ごした週末のことを、楽しそうにしゃべりはじめた。

先生に言われて、わたしは、花を生けるためにいくつかの花びんに水を入れに行った。なんとかして、一日じゅう、洗面所にいられないものかしら、と思った。お花畑の花を全部生けられるくらい、花びんに次々水を入れていられたらいいのに。

でも、やっぱり戻らなくてはならなかった。バラを生けて、出席の返事をして、それから算数の授業にいるものを取りだす。

そのあいだずっと、お母さんと校長先生との話が気になって、窓の外ばかり見ていた。ぴちぴちのスーツを着てたお母さんが、暑くて気分が悪いという顔で、校庭を横切っていくのを見つけたのは、授業のなかほどだった。スカートがずりあがって、太いひざが見えている。きついスカートのせいで、お尻《しり》を振るような歩き方だ。

キムがまねをして肩を揺《ゆ》すった。だれかがくすくす笑った。

わたしは算数の教科書にかがみこんで、せっせと問題を解いているふりをした。でも、どの数字もページの上をはいまわり、手はじっとりして、やり終わっていた計算がにじんでしまった。これだけで終わってくれたらと思った。でも、終わりではなかった。始まったばかりだった。

校長先生の用事をする係の子が、突然、教室にはいってきた。

「スタンレー先生、すみませんが、エドワーズ校長先生が、キム・マシューズ、メラニー・ホルダー、サラ・ニューマンに、すぐに校長室にくるように、とのことです」

係の生徒がさも重大事《じゅうだいじ》のように告げたので、クラス全員が聞き耳をたてた。

みんなの頭が、キムとメラニーとサラのほうに向く。サラは、口がゆがむほど強く、唇《くちびる》を噛《か》んでいた。メラニーは、アイスクリームのように白くしめっぽい表情になった。

でも、キムは完全に落ちつきはらっていた。ほほがいつもよりちょっと赤くなっていたけれど。それに、目の輝きもふだんより強くなっている。わたしを見つめながら。

キムの目がなにを言っているのか、わたしにはわかっていた。

ぜったいぜったいぜったい、わたしをただではおかないつもりだ。

わたしは、体じゅうかちかちになって、算数の教科書におおいかぶさった。

三人が教室からでていったあとも、ずっとそうしていた。

ふいに肩に手を置かれて、飛びあがった。

「どうしたの？ マンディー」スタンレー先生がたずねた。

わたしは、なんでもない顔をしようとしながら、首を振った。

「どうして、そんなかっこうで座っているの？　お腹《なか》が痛いの？」

わたしはうなずいた。

スタンレー先生は、顔を寄せてきた。

「トイレに行きたいんじゃない？」

わたしはまたうなずいた。

「まあ、どうして、そう言わないの？　おばかさんね、まったく。もう、赤ちゃんじゃないのよ、マンディー。さあ、行きなさい」

わたしは教室を飛びだして、じめじめしたトイレに腰をおろした。自分が赤ちゃんだったらよかったのにと思って、泣きながら。学校なんか行かなくてもいい、頼《たよ》りない赤ちゃんだったらよかった。乳母車《うばぐるま》に乗せられた、ウィリアムズさんちの赤ちゃんだったら。

それでも、ターニャには遊んでもらえるもの。

わたしは、ずっとトイレに座っていた。エッチな落書きをぜんぶ読んだ。アーサーがギプスに書かれたのより、ずっとずっとエッチなのを。

すると、だれかがわたしの名前を呼びながらトイレにはいってきた。

「マンディー・ホワイト、ここにいるんでしょ？」

でていってと願いながら、わたしは、ドアのかげで体を小さく丸めた。

ドアが、ドンドンたたかれる。

「はいってるの？ マンディー。スタンレー先生がね、ほんとに具合いが悪いのなら保健室に行きなさいって。それに、どっちみち、校長室に行かなくちゃいけないのよ、エドワーズ先生が呼んでるんだから」

だめだ。ずっとドアのかげに隠《かく》れているわけにはいかない。そのうち、飛びあがって上からのぞこうとするだろう。

「もう、でます」

わたしはそうつぶやくと、水を流した。

外へでて、手を洗った。係の生徒は、興味深そうにわたしを見ている。

「中でなにしてたの？」

わたしは頭を振っただけで、答えなかった。

「もどしてたの？」

「違《ちが》うわ」

でも、ほんとうにむかむかしてきた。汚れた鏡に映《うつ》る自分を見つめる。へんに緑っぽく青ざめた顔色。お母さんが編《あ》んでくれた深緑のカーディガンのせいだ。ほかの子はみんな、買ったセーターを着てるのに。

「さあ、行くわよ」

係の生徒についてトイレをでて、廊下《ろうか》を歩いた。食堂から給食を調理する匂《にお》いがしてきて、よけい気分が悪くなった。キムとサラとメラニーが、校長室の外で待っている。もどして、足にぴったりしたブランドもののサンダルを汚《よご》してしまうんじゃないかと思った。

サラとメラニーも気分が悪そうだ。メラニーは泣いていた。でも、キムは違《ちが》う。

わたしは、キムをまともに見る勇気はなく、小走りに通りすぎた。校長室のドアをノックして、よろめくように中へはいる。校長室にはいるのは、初めてだった。ひどいいたずらをしたり、言うことを聞かなかったり、乱暴をしたりしたときだけ、呼びだされるのだ。

「まあ！　どこにいたの、マンディー？　おかげで捜索隊《そうさくたい》をださなきゃなりませんでしたよ」

校長先生は言った。

これまでの学校生活で、校長先生と話したことはそんなにない。

成績優秀者の表彰式で握手《あくしゅ》したことはある。それに、いつだったか、わたしが集会で朗読したときに、にっこりして、「じょうずでしたよ」と言ってくれたっけ。

「わたし……」

校長先生に、トイレ、とは言いにくい。わたしは、言葉を切ったまま、つっ立っていた。

「さあ、お座りなさい、マンディー。さてと、最近、あなたが学校でつらい思いをしていると聞いたんですけれど」

わたしは、腰をおろして、ひたすら自分のひざを見つめた。

「わたし……」

またしても、なんと言ったらいいかわからない。

「あなたは、勉強面ではとてもよくやっています。それに、わたしたちの目に映《うつ》るかぎりでは、明るく楽しく過ごしているようすでした」

校長先生はきびきびと言った。

「はい、そうです」わたしは、飛びつくように賛成した。

「でも、このごろ、あなたにつらい思いをさせている女の子たちがいるのね？」

わたしは、いっそううなだれた。

「同じクラスの子たちですね？」

校長先生はたたみかける。

わたしの頭はもう、にぎりしめた両手にくっつきそうだ。

「マンディー！　背中を伸《の》ばしなさい。さあ、そんなに心配そうな顔をしなくてもいいのよ。このちょっとした問題を片づけてしまいましょう。あなたがもっと早く担任の先生に話してさえいれば、こんな卑劣《ひれつ》ないじめは、ずっと簡単に、蕾《つぼみ》のうちにつみとることができたのよ。さあ、わたしにすっかり話してみない？」

校長先生は、反応を待った。

わたしも待った。先生は眼鏡《めがね》をはずして、鼻柱《はなばしら》の両側についた紫色《むらさきいろ》のあとをなでた。気長にやるつもりだ。

「あのね、マンディー。こわがらなくてもいいのよ。話してごらんなさい。わたしはもう知っているわ。でもね、あなたから、直接、聞きたいの」

先生は、言葉を切って、ため息をついた。眼鏡をかけ直して、わたしを見る。

「キムとサラとメラニーなんでしょう？ あの子たちに、どんなことを言われたの？」

わたしには、言えなかった。口を開いても、言葉がでてこない。いじめられつづけていたつらい何週間かを全部まとめて短い言葉でしぼりだすなんて、とてもできない。とくに、キムとサラとメラニーが、ドアのすぐ外で待っている

状態では。

「あなたのお母さんは、あの子たちがずっとあなたをいじめていたっておっしゃってるの。そうなの？　そして、先週の水曜日、あなたは、あの子たちに追いかけられて道路に飛びだして、バスにはねられたのね？　そうなの、マンディー？　これは、きわめて深刻な事態ですよ。見すごすわけにはいきません。あなたは追いかけられたのね、マンディー？　そうなの？」

「あのう、そんな感じでした」

わたしは、自分のひざに向かってつぶやいた。

「そうなのね！　で、どんなことを言われたの？」

「わたし――わたし、覚えていません」

耳にこだまするいろんな言葉を追いはらおうとして、わたしは頭を振った。

「じゃあ、いつもはどんなことを言われるの？」

「忘れました」

校長先生はため息をついた。校長先生は立ちあがると、ふいに、かかとの低い靴《くつ》でかつかつとドアのところへ行って、開けた。キムが、びくっとしたようすで体を引いた。

「あら、立ち聞きしてたってわけね、キム！」校長先生は言った。

「ねえ、あなたたち三人も、中へはいったらどう？　みんなで話し合えば、かえって解決の糸口が見つかるかもしれないわ」

三人はかたまって校長室にはいってきた。わたしは椅子《いす》の上で縮《ちぢ》こまった。先生はドアを閉めると、机のはしに腰かけて、キムにきびしい顔を向けた。キムは校長先生より背が高い。頭を高くあげ、片手を腰に置き、へっちゃらな態度だ。メラニーとサラのほうは、うなだれて足を引きずり、とても不安そうだった。

「自分の耳で聞いたでしょうけど、ここにいるマンディーは、あなたたちに完璧《かんぺき》に忠実でしたよ。あなたたちの不利になるようなことは、なにも言おうとしませんでしたからね」

校長先生は言った。

三人ともわたしを見た。メラニーは、ありがたいという顔で目くばせした。サラはべそをかいている。

「けれど、わたしにはわかっています。あなたたち三人は、マンディーにひどいことをしていたようね。こんなことはおやめなさい、いいですね？　いじめはがまんなりません。わたしの学校では許しません。さあ、キム、メラニー、サラ。三人とも、マンディーにごめんなさいと言ってもらいたいの。そして、二度と悪口を言ったり、追いかけたりしないって約束してほしいの」

三人は、つばを飲みこんだ。メラニーは、ごめんなさいと言おうとした。

でも、キムがさえぎった。

「マンディーがわたしたちに、ごめんなさいと言うべきだと思いますけど」

キムは頭を振りあげて言った。

校長先生は、目を丸くした。

「マンディーだって、悪いんです」

キムは、落ちついて話をつづけた。

「だいたい、マンディーがもとなんです。自分のお母さんはファッションモデルだ、なんて言うから——」

校長先生の唇《くちびる》が、ぴくぴくした。

きっと、きつすぎるスーツを着たお母さんの姿を思い浮かべているのだろう。

「ばかなこと言うのはよしなさい、キム。そんなくだらないうそをついて、自分の立場を悪くすることはないでしょう」

先生は叱《しか》りつけた。

「わたし、うそなんかついてません、エドワーズ先生」キムは言い返した。

「あんた、確かにそう言ったわよね、マンディー?」

わたしは、いっそう頭をたれた。顔がまっ赤になるのがわかる。

「マンディー?」

先生の声には、ためらいがあった。

「うそをついたのは、マンディーです。エドワーズ先生」サラが言った。

「それに、そんなのうそだってわかってるって言ったら、マンディーはものすご

く怒って、怒鳴《どな》って、わたしのこと、たたいたんです」と、キム。

「あのねぇ、キム。そんな話を先生に信じさせようとしても、むりよ。マンディーの背たけは、あなたの半分しかないじゃないの」

「それでも、わたしのこと、たたいたんですから。思いっ切り」

「ほんとです、エドワーズ先生。顔をまともになぐったんです」と、サラ。

「そうです、ほんとです」

メラニーも調子を合わせる。

「その子、キムをたたきました」

「それから、走りだしたんです。でも、前をよく見ていなかったから、バスにはねられたんです。全部、マンディーのせいです、エドワーズ先生」キムがつづけた。

校長先生は立ちあがって、わたしの横にきた。そして、椅子《いす》の背に腕《うで》をまわし、身をかがめて、ペパーミントの香りの息がわたしのほほをくすぐるくらい、顔を寄せた。

「キムをたたいたりしていないわよね、マンディー？」

先生はやさしくたずねた。

　わたしは目を閉じた。

「ほんとうのことを教えてちょうだい」

「わたし、キムをたたきました」

　わたしはそう言うと、わっと泣きだした。

　キムは勝ち誇《ほこ》った顔をした。校長先生は、がっかりしたというように、わたしを見た。

「あなたがそんなことしたなんて、信じられませんけどねぇ、マンディー」

　校長先生はそう言ってから、キムとほかのふたりにきびしい顔を向けた。

「でも、このごろ、あなたたち三人がぐるになって、マンディーをいじめているのは、ちゃんと知ってるんですよ。そういうことはやめなさい。マンディーに、悪口や傷つけるようなことを言うのはやめるんです、わかりましたね？」

「はい、わかりました、エドワーズ先生。マンディーには、もうなにも言いません」

　その言葉は、ひっかけだった。キムは約束を守った。

わたしには、いっさい話しかけなくなった。サラも、メラニーも。

キムは、お昼には、ちゃんと新しい手を編《あ》みだしていた。まず、わたしに近づいてくる。でも、口はきかない。わたしを見て、おたがいにつつき合って、顔をしかめる……でも、なにも言わない。

わたしは、ミランダ・レインボウになったつもりでいようと思った。

ぐっとクールに、なにも気にしない。

でも、だめだった。まわりを、あの三人がうろついているのでは。

アーサー・キングが近寄ってきた。眼鏡《めがね》の奥《おく》で、目がぴくぴく引きつっている。

古ぼけた大きな本をかかえていて、わたしの前にそれをお守りのように差しだした。

「マンディー、ぼくが話した本、これなんだ。ちょっと見てみない？」

アーサーは口早《くちばや》に言った。

キムが、かん高い、意地悪な笑い声をあげた。サラとメラニーもくすくす笑った。

「こっちへおいでよ。ここならじゃまされない」

アーサーは、わたしを三人から引き離《はな》した。

その本は『アーサー王と円卓《えんたく》の騎士《きし》たち』だった。

わたしはありがたく思いながら、本をめくった。ページをくる手が震《ふる》える。

キム、サラ、メラニーが、またそばにきた。

「おい、あっちへ行けよ」アーサーが、できるだけ強がって言った。

「わたしたちには、この運動場にいる権利があるの。あんたたちと同じようにね。わたしたち、なにもしてないわよ。その子に、なにも言ってないし」

キムはそう言うと、わたしにあごを突きだし、唇《くちびる》をぎゅっと結んで、なにも言わないつもりだということを見せつけた。

サラとメラニーもまねをした。

スタンレー先生が運動場を見まわっていた。先生はわたしたちのほうに歩いてきた。キムとサラとメラニーを見ている。

でも、三人は、わたしにほほえみかけているように見えるだろう。

「こんなへんなやつらからは、離れていよう」

アーサーは小声で言うと、わたしを引っぱって、運動場のはしの男子トイレのそばへ行った。

女の子がぜったいこない場所だ。

わたしたちは壁《かべ》にもたれて、いっしょにアーサーの本を見た。キムとサラとメラニーは近づいてこない。スタンレー先生が、ずっと運動場を行ったり来たりして見張《みは》っているからかもしれない。

アーサーは自分の好きなところを次々に、わたしに見せては、読んでくれた。あんまり、わたしの好みじゃない。王さまや騎士《きし》たちはみんな、昔ふうのへんな話し方でしゃべるし、だれがだれだか、すぐごちゃごちゃになる。

でも、そんなのはたいしたことではなかった。絵は気に入った。とくに、髪をたらして、ふんわり長いドレスを着た女の人たち。ターニャが描いたお母さんの絵に、どこか似ていた。

お母さんが、放課後、迎えにきた。お母さんは、校長先生がわたしになにを言ったか、どんな手段をとったか、キムやメラニーやサラをどう扱《あつか》ったのか、知りたがった。

わたしはあわてた。なにしろ、まだ校門だ。だれに聞かれるかわからない。キムとメラニーとサラが、つかず離《はな》れずついてくる。三人とも、口をきゅっと結んでいる。新しい悪ふざけだ。

「校長先生は、あのキムをちゃんと叱《しか》ってくれた？」

と、お母さん。

「あのねぇ、お願いだから、お母さん。今は、その話はやめて」

わたしはささやいた。

お母さんは、肩ごしに振り返った。

「あの子じゃないの？　髪の黒い、背の高い子。あまり後悔《こうかい》してる顔じゃないわね。なんだか、にやにやしてるわよ。あのお嬢《じょう》さんに、二言《ふたこと》三言《みこと》、言ってやったほうがいいかもしれない」

「だめよ、お母さん！　お願い、お願い、お願い。校長先生がちゃんとけりをつけてくれたの。三人とも、もうなにも言わないって約束したんだから」

「ほんとうなの、マンディー？　まだ、悩みごとがあるような顔をしてるじゃないの」

「しーっ、お母さん」

「悩みごとなんか、ぜんぜんないってば」

わたしは、にっこり笑って楽しそうな顔をしようとした。

すると、道の向こうで、ターニャが乳母車《うばぐるま》を押しているのが見えた。うんと短いショートパンツに、おへそ丸だしの短いタンクトップ、歩くたびにハイヒールが音をたてている。

「ターニャ！」

「ヘイ、マンディー！」

ターニャにあいさつしようと、わたしは道路を走った。ターニャが両手を差しだして、手のひらを上に向けたので、わたしは、その手に自分の手のひらをパンと打ちつけた。

「学校、どうだった？」ターニャは聞いた。

わたしは、顔をしかめてみせた。

「だろうね。あたしなんて、学校行かなくていいんだ、もうすぐ夏休みだから。いいだろ？　ふだんもあんまり行ってないけどね。学校なんて、やってら

んないよ。教師はバカばっかだし。いやなやつらが、いろいろ悪口言ってくるしさ」

「ターニャも、悪口言われるの？」

わたしはびっくりした。

「ああ。だけど、あたしは、もっとひどいこと言ってやるけどね」

ターニャはにやっとした。

「どうしたのさ、だれかにいじめられてんの、マンディー？」

「ううん」わたしは、あいまいにつぶやいた。

キムとサラとメラニーは、もうお母さんを追いこしていた。

お母さんは、うしろのほうで息を切らしている。三人は、ターニャとわたしを見つめていた。

メラニーなんか、口をぽかんと開けている。

わたしが三人をちらっと見たのに、ターニャは気がついた。

一瞬《いっしゅん》のうちに、ターニャは事情をのみこんだ。

サラとメラニーは無視。ふたりはただのザコだ。ターニャの相手ではない。

ターニャは、キムをまっすぐに見すえた。

「なにをじろじろ見てんだよ？」

ハイヒールをはいていても、ターニャはキムより背が低い。でも、ターニャのほうが年上だし、ずっと、ずっと強い。

「なにも」キムはもごもご答えた。

「そうか。じゃあ、とっとと帰んな、お嬢《じょう》ちゃんたち。あたしと、友だちのマンディーにかまうんじゃないよ、いいね？」

三人は姿を消した。キムまで。あの子たちの顔ったら！

あたしと、友だちのマンディー。わたしはターニャの友だちなんだ。

三人とも、きっと、たまらなくうらやましがっているだろう。

「あたし、王子さまを公園に散歩に連れていくところなんだ。くる？」

と、ターニャ。

行きたくてたまらないのに、追いついてきたお母さんは、わたしたちだけで行かせるわけにはいかないという。

「いけません。あんなところをうろうろしていると、へんな男がいるかもしれないでしょ。女の子だけで行くところじゃありません」

「マンディーにはあたしがちゃんと気をつけるから、心配ないですよ」と、ターニャ。

「ありがとう。でも、やっぱり心配だわ。マンディーはわたしと家に帰って、おやつを食べなくちゃ」

「ああ、お母さん、お願い。どうしても公園に行きたいの」わたしは頼《たの》んだ。

「マンディーがお腹《なか》がすいてるんなら、アイスクリーム食べたらいいよ」

ターニャは、小さなポケットのなかのコインを、じゃらじゃら鳴らしてみせた。

「ウィリアムズさんが、おこづかいをくれたんだ。ホワイトさん、お願いだから、いいって言ってよ、ね」

「だめです。また、今度ね」

お母さんは、わたしの手をにぎった。

わたしは、振りはらった。

「お母さん、わたしは、きょう行きたいの。おかしいわよ。どうしていつも、わたしを赤ちゃん扱《あつか》いするの？」

お母さんは目を丸くして、むっとした表情になった。でも、ちょっとためらっているようだ。

ふいに、いいことを思いついた。

「校長先生がね、わたしはもっと自立しなきゃいけないって。年のわりに幼すぎるから、ほかの子たちにいじめられるんだって」

「つまらないこと言うのはおよしなさい、マンディー」

でも、お母さんは、それほどきっぱりした口調《くちょう》ではなかった。

ひょっとしたら、校長先生がほんとうにそんなことを言ったのかもしれない！

「三十分後には帰りますから」ターニャは言った。

お母さんはため息をついた。

「いいわ。マンディー、そんなに公園に行きたいんなら、わたしたちも、ターニャといっしょに歩きましょう」

わたしは深く息をすいこんだ。

「だめ。お母さんはこなくていいの。大きな道路もなにもないのよ。それに、へんな男からはぜったい離《はな》れてるから。ほかの子はみんな、自分たちだけで公園へ行ってるのよ。お母さんぬきで」

自分がこんなことを言うなんて、信じられなかった。ミランダ・レインボウが口にのりうつったみたいだ。そして、効《き》きめはあった！　お母さんは、ターニャと公園へ行くのを許してくれた。あまり気に入らないみたいだったけれど。

お母さんは、今夜ずっときげんが悪いだろうけど、かまやしない。

ターニャとわたしが芝生《しばふ》を走ると、小さなリッキーは乳母車《うばぐるま》の中で上下に揺れる。

ターニャは、ロックグループのニルヴァーナの古い歌をうたい、わたしもまねしてうたった。リッキーもいっしょにガアガア言った。ところが、どうも振動《しんどう》がきつすぎたらしい。

「やーだ。リッキーぼうや、酔《よ》っちゃったんだね」

ターニャは鼻にしわを寄せて、ティッシュでぼうやをきれいにしてから水遊び場で手を洗った。

「わたしが小さかったころ、お父さんが、いつもここへ連れてきてくれたの。お父さんもズボンをまくりあげて、いっしょに水の中へはいったりしたのよ」

わたしは話した。

「いいお父さんみたいだね」と、ターニャ。

「うん。でも、お母さんはちょっと……」

わたしは顔をしかめた。

お母さんのことで、ターニャにからかわれるんじゃないかと、心配だった。

「あんたがだいじだから、やきもきするんだよ」

驚いたことに、ターニャはそう言った。

「あたしだって、カーメルのことじゃ、さんざんやきもきしたよ」

「妹さんに会えなくて、さみしい？」

「うん」

ターニャは腕《うで》を組んで、背中を丸めた。

でも、それからまた、体を伸《の》ばした。

「でもさ、今じゃ、代わりにあんたがいるからね。そうだろ、おちびさん？」

「わたし、おちびさんじゃない」わたしは抗議した。

ターニャは笑って、わたしのお下げを引っぱった。

「お下げにしてると、六才くらいに見えるよ」

「やめてよ。好きでしてるんじゃないもん。ターニャがしてくれたみたいなアップにしてって、お母さんに頼《たの》んだのよ。でも、してくれないの」

「自分でできるようにならなくちゃ」と、ターニャ。

ゆっくりと歩きまわっているうちに、リッキーは揺られながら、うとうとしはじめた。

ターニャは、注意深く、日陰《ひかげ》に乳母車《うばぐるま》を止めた。

「あたしたちは、ちょっと日光浴してもかまわないよね、マンディー?」

ターニャはサンダルをぬいで、芝生《しばふ》に寝転び、タンクトップをいっそうたくしあげた。

「お腹《なか》を茶色に焼かなくちゃ」と、ターニャ。

「わたし、茶色にならないの。ピンクになっちゃうの」

わたしも横に並んで寝転んだ。

「ピンクって大きらい。世界じゅうでいちばんきらいな色よ」

「じゃあね、お日さまにあたるのは、二分だけにしよう。あんたを焦《こ》がしたくないからね」

ターニャは言った。

じゅうじゅう焼かれて、かりかりになっても、ちっともかまわない。このままずっと、ターニャの横で、お日さまにあたって寝ていたかった。ずっと上に緑の木の葉が見える。ないしょ話でもしているみたいに、カサカサ音をたてている。

「ああ、ターニャ。友だちになってくれて、わたし、ほんとうにうれしい」

「あんたって、かわいい子だね」

ターニャはそう言って、起きあがった。

「あ、あんた、もうピンクになってきてるよ。さまさなくちゃ。アイスクリーム買いに行こう」

公園の入り口の売店へ行った。ターニャは、小さなアイスクリームをふたつ買った。リッキーがほしがって泣き声をあげたので、ターニャは指先でアイスクリームをちょっとすくって、なめさせた。リッキーはこのやり方が気に入って、もっとよこせとさいそくした。

「だめだよ、欲張《よくば》りさん。また、もどしちゃうよ」ターニャは言った。

「さあ、マンディー。あんたを家へ連れて帰らなきゃ。お母さんをやきもきさせないようにしないと」

わたしたちは、いっしょに乳母車《うばぐるま》を押しながら、仲良く歩いた。ターニャのハイヒールがカタカタ音をたて、わたしの靴《くつ》がキューキュー鳴る。ターニャのかげはつんつんはずんで、つんつんヘアー。わたしのかげはちっちゃくて、もたもたもっさりお下げ髪。

「ね、ちょっとリッキーみてて。パットに新聞買ってくるから」

店のそばにくると、ターニャが言った。

わたしは外に立って、リッキーをやさしく揺《ゆ》すってやった。赤ちゃんをまかされて、なんだかいい気分だった。ターニャのようすを見ようと、店の中をのぞいた。日の光になれた目には、ちょっと暗い。なんとかターニャの見わけはついた。ショートパンツのポケットをさぐって、夕刊の代金をだそうとしている。お金をわたして、新聞をもらい、ドアのほうへ歩いてくる。と、ターニャの手がすばやく伸《の》びた。棚《たな》からなにかとって、そのままぶらぶらと店をでる。

「ほら、マンディー。あんたにプレゼント」

ターニャは手を差しだした。

緑のベルベットの輪にゴムを入れた、ヘアバンドだった。

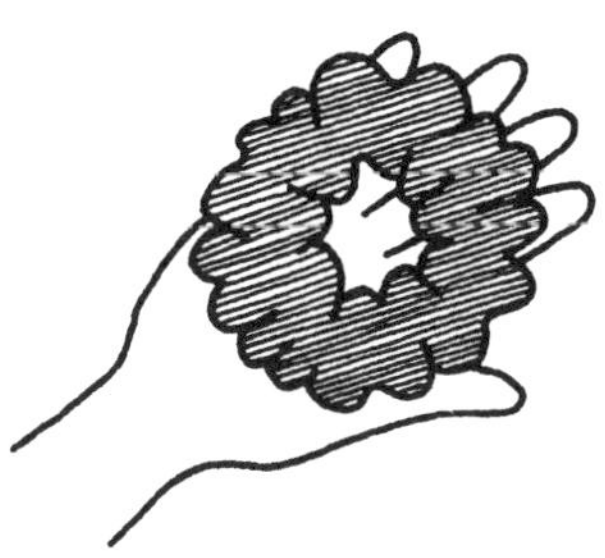

青の章

家に着くと、ターニャは、わたしの髪をとかして、緑のベルベットのヘアバンドでとめてくれた。

「これ、シュシュっていうんだよ。ほら！ いいじゃん、ね？」

「うん。すてき。ほんとにありがとう、ターニャ。このシュシュ、気に入っちゃった」

なんだか、お腹《なか》が、シュシュのようにぎゅっと縮みあがった気分だった。こんなものをくれるなんて、ターニャはやさしい。世界でいちばんの友だちだ。でも、ターニャはこれを盗《ぬす》んだんだ。

といっても、確かではない。棚《たな》からとったようには見えた。だけど、はっきり見たわけじゃない。ポケットのお金で、ちゃんと払《はら》ったのかもしれない。ターニャに、じかに聞いてみればいいことだ。でも、その勇気がない。そんなこと、どうやってきけるだろう。「プレゼントをありがとう、ターニャ。ところで、お金は払《はら》ったの？ それとも、盗んだの？」なんて。

それに、もし盗んだのだとしたら、どうしたらいいの？

ものを盗むのは悪いことだ。とくに、パテイルさん夫婦のような、たいしてもうけのない小さなお店をやっているような人たちから盗むのは。でも、たかがヘアバンドだ。せいぜい一ポンドかそこらの、小さなベルベットのシュシュだ。そんなに価値のあるものじゃない。

ターニャは、自分のために盗んだんじゃない。わたしのため、友だちのわたしのために盗んだんだ。それに、ターニャは自由に使える自分のお金を持っていない。わたしみたいに、土曜日ごとにおこづかいをもらえるわけじゃない。ターニャは、ほとんどなにも持っていない。だから、ターニャがものをとったからって、それほど悪いことだとは言えないんじゃないだろうか？

頭の中で、いろんな考えがぶんぶん飛びかってぶつかり合い、めまいがした。髪をきゅっとまとめあげたシュシュで、えりあしのおくれ毛も引っぱられている。

頭を動かすたびに引きつれて痛いので、シュシュのことを忘れることができなかった。

ターニャが道をわたって帰ったあとで、お母さんに、

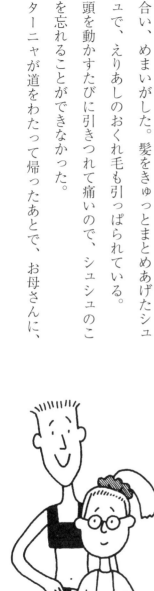

髪をいつもの形に戻すように言われたときには、なんだかほっとした。

「あなたは、すてきだと思ってるんでしょうけどね」

お母さんはふんと鼻を鳴らした。

「そのヘアスタイル、あんまり似合ってるとは思えないわ」

「ぼくは、すごく大人っぽいと思うけどな」

わたしがうなだれるのを見て、お父さんが言った。

お母さんは、眉《まゆ》をしかめた。

「問題はそこなのよ。マンディーはまだ子どもよ。そんな髪型は、大人っぽすぎるわ。それに、言わせてもらえば、ちょっとありきたりね」

「それにしても、そんなヘアバンドをマンディーにくれるとは、ターニャはやさしいじゃないか」

「まあね」と、お母さん。

「わざわざ、あなたにって買ってくれたの？　マンディー」

「そうよ」わたしはつぶやいて、あくびするふりをした。

「なんだか、とっても眠くなっちゃった。もう寝るわ」

ほんとうは、お母さんやお父さんから離《はな》れたかったのだ。でも、眠れなかった。

目を開けたまま、シュシュをいじくりまわした。これはどこでも買えるものなんだろうか、それとも、あの店でしか売っていないんだろうか。もし、これがほかにないものだとしたら――そして、パテイルおばさんが、店の棚《たな》からひとつなくなっているのに気がついたとしたら？　それどころか、ターニャがとるのを見ていたら？　ひょっとして、わたしがこの緑のベルベットのシュシュをつけてるのを、おばさんに見られたら？　盗《ぬす》まれたものだと知って身につけているわたしも、どろぼうってことになるんだろうか？

ようやく眠ったと思ったら、今度は夢にでてきた。通りでパテイルおばさんに捕《つか》まって、「どろぼう！」と言われる。店からでてきたおじさんにも、「どろぼう！」と言われる。通りがかりの人が、みんなじろじろ見る。学校のみんなもいる。スタンレー先生とエドワーズ校長先生が首を振って、とてもきびしい顔をしている。キムとメラニーとサラが並んで立って、歯をきらめかせて、「どろぼう、どろぼう、どろぼう！」とはやしたてる。そして、お母さんとお父さんもいる。ふたりも「どろぼう」と言いながら泣いている。わたしも泣く……。

目が覚めると、汗をかいていた。まだ、「どろぼう」という言葉が耳の中でひびいている。もう、

真夜中だった。暗いので、よけい不安になった。
起きあがって、シュシュを下着の引きだしの奥《おく》につっこんだ。
それから、横になって、空想の世界にはいりこもうとした。わたしは、ミランダ・レインボウ。みじめな気分で夜中に目を開けていたりしない。毎日いろんな色のふとんにくるまって、ぐっすり眠る。そして、目が覚めると、泡《あわ》のでるお風呂にはいってから、服を着る……紙人形に着せるように、想像の自分にいろいろな服を着せているうちに、やっと眠れた。
夢の中でも、わたしはミランダ・レインボウのままで、相変わらず、いろいろな服を次々に着ていた。だって、有名なファッションモデルなんだもの。舞台を行ったり来たりするわたしに、カメラのフラッシュが光る。

すてきなことばかり。

　ところが、緑のベルベットのぴったりした新しいドレスを着ることになる。おそろいの大きなシュシュがついている。帽子《ぼうし》のように大きいシュシュだ。それをつけたわたしを見たみんなは、急に立ちあがって怒鳴《どな》りはじめる。「どろぼう！」シュシュを取ろうとしても、きつくて取れない。頭にぎゅっと巻きついていて、うめいたりしゃくりあげたりしながら目が覚めると、ふとんの下じきになっていた。どうやら声をあげていたようだ。お母さんが飛んできた。

「いったい、どうしたの？」

「わたし――わたし、ただ、こわい夢を見ただけ」

　わたしは、ふとんカバーで顔をふいた。

「あら、そんなことしちゃだめよ！　ハンカチはどこかしら。かわいそうに」

　お母さんは、わたしをぎゅっと抱きしめた。

「どんな夢を見たの？」

「覚えてない」

わたしはうそをついて、お母さんにしがみついた。

「でも、すごく、こわかったの」

「さあさあ。もう、お母さんがきたからね」お母さんはやさしく揺《ゆ》すってくれた。

お母さんは、わたしを、オランウータンのオリヴィアといっしょに、しっかりと、ふとんにくるみこみ、

「これで、すぐに眠れるわ。もうこわい夢なんか見ないわよ」と、言ってくれた。

わたしは、その言葉を信じようとした。でも、そうはいかなかった。

朝になって、お父さんの目覚まし時計が鳴っても、目を開けたままだった。

朝ごはんのときの気分は、最低。頭が痛かった。

「こわい夢を見るなんて、かわいそうなマンディー」

お母さんは、わたしのお下げをやさしく引っぱった。

「あの、最新のヘアスタイルはどうしたんだい？」お父さんがたずねた。

お母さんは、お父さんに顔をしかめてみせた。

「マンディーはちゃんとわかっているのよ。あんまり似合わないもの」お母さんは腕《うで》を組んだ。

「ターニャとつき合わせるのはどうかしらねぇ。マンディーったら、いやに、あの子と親しくしはじめて。あの子、マンディーには年上すぎます。悪い影響を受けるわ」

「どういうこと？」わたしの声はかすれた。

「だって、ときどき、態度がちょっと生意気《なまいき》になってきたわよ、マンディー。きのうの放課後だって……。あなたをターニャと公園に行かせるのは、やっぱりいやだわ。このごろじゃ、どこも安全じゃないいんだから」

「ターニャは、自分で自分の面倒《めんどう》はみられるんじゃないか――それに、マンディーの面倒《めんどう》も」

お父さんが言った。

「でも、やっぱり、あの子とあまり親しくさせるのはどうかと思うわ。マンディーが、ターニャをうちへ呼ぶのはかまわないのよ、わたしの目が届くから。でも、ふたりをいっしょに外出させて、なにか、困ったことをしでかしたりするといやだわ。ちょっと心配なの、ターニャのような境遇《きょうぐう》の子どもは。やっぱり、マンディーをあの子とつき合わせるのは、やめさせたいの」

わたしは体をかたくした。

「いや！」

「おいおい。ふたりはいい友だちなんだぞ。マンディーが楽しそうなのはいいことじゃないか。それに、この子は、今、ちょうど、友だちを必要としてるんだ。学校であいうういじめがあったことだし」

この言葉で、お母さんの関心がそれた。

「ああいうことは、もう、すっかり、なくなったの、マンディー？　もう、キムにひどいことを言われたりしなくなった？」お母さんはたずねた。

「キムは、もう、なんにも言わない」

「とにかく、あの子たちからは離《はな》れていなさいね」

わたしは、できるだけそうした。その朝、三人は、わたしのそばにきてひそひそ言ったりしなかった。ターニャのおどしがきいているように見えた。

三人にあんなふうに立ち向かってくれるなんて、ターニャはすごい。ほんとに、すばらしい友だちだ。それに、ターニャは、あの緑のシュシュを、わたしへの特別なプレゼントのつもりでとっただけなんだ。あんなに悩むなんて、ばかだった。どうして、わたしは、いつも、こんないい子ちゃんになってしまうんだろう？

お昼休みには、アーサー・キングの隣《となり》に座った。そのあと、アーサーは、わたしにチェスを教えようとした。すこしもおもしろくない。ぼうっと、ターニャのことを考えていたかった。わたしが学校から帰るのを、待ってくれているターニャ。わたしたち、ずっと、ずっと、いつまでも友だちでいるんだ。

「だめだよ、ほら。きみがクイーンをそこへ置くと、ぼくがこのナイトでとっちゃうよ」

アーサーが注意した。

どうも興味がわかない。クイーン（女王）といっても、長い髪や裾《すそ》を引きずるドレスはないし、ナイト（騎士《きし》）だって、ぴかぴか光るよろいや羽飾《はねかざ》りのついたかぶとはない。ただ、プラスチックをひねってあるだけで、どこにも人間らしいところはない。

あんまり簡単に、わたしが負けてしまうので、アーサーもおもしろくなかったようだ。

「チェスは好きじゃないの?」また、駒《こま》を並《なら》べながら、アーサーが聞いた。

「あんまり、好きじゃないわ」

「もっとうまくなったら、きっと好きになるよ。昼休みに毎日、ふたりでチェスができたらいいなって思ってたんだけど」

「そうねぇ」わたしはあいまいに答えた。

「それにさ、ぼくといれば、キムやサラやメラニーは近寄らないよ」

「どういうこと？」

「あの子たち、ぼくをこわがってると思うんだ。ぼくがこうやってきみを見てれば、三人はなにもしないよ」

「アーサーったら！」

わたしはあきれて、アーサーの気持ちを考えるのを忘れてしまった。アーサーは、クラスでいちばん頭のいい男の子だ。でも、おそろしく鈍感《どんかん》なところもある。

「あなたのことなんて、ぜんぜん関係ないわよ。わたしの友だちのターニャのおかげよ」

アーサーは、傷ついた顔になった。

「どうして、ターニャとかいう子のおかげだってことになるんだよ？ここにいないじゃないか。いるような気がすることもあるけどね」

「どういう意味？」

「だってさ、その子のことばかり話してるじゃないか。友だちのターニャがこう言う、友だちのターニャがああ言う、ってさ。べつに、たいしておもしろいことを言ってるようでもないのに。化粧《けしょう》とか、服とか、スターの言ったこととか、くだらないことばっかりだ」

「わたしの友だちのターニャが言うことが、くだらないっていうの？」

わたしは腹がたった。

「ぼくにはわからないよ。自分でその子と話したことはないから。だけど、きみが言ってることはくだらない。ターニャの話になるとね」

「あら、それじゃ、つまんないチェスは、ひとりですれば」

わたしは、携帯用チェスセットをたたきつけた。その勢いで、穴にはめこまれていた残りの駒《こま》が全部飛びだして、黒と白の四角の上で弾《はず》んだ。

わたしはひとりで、でていった。まずいとわかっていたけれど。しばらく運動場をぶらぶらしてから、女子トイレに行った。ところがそれは完全にまずかった。キムとサラとメラニーが鏡の前に立って、新しいヘアスタイルをためそうと、髪をとかしていたのだ。キ

ムは、黒い前髪をうしろへときつけて、はっとするほど白いひたいをむきだしにしていた。鏡に映《うつ》るわたしと視線が合うと、髪をとかす手が止まり、そのまま空中で凍《こお》りついた。前髪が、一房《ひとふさ》ずつゆっくり前に跳《は》ねて、もとに戻る。

急いで逃げだせばよかったのだ。でも、わたしは、こわがっていないふりをしようとした。そのままずんずん横を通ってトイレにはいると、ばたんとドアを閉めた。便器に腰かけたわたしの胸は、破《やぶ》れそうなほどドキドキしていた。

「わたしたちが口をきかないことにしてる子がいるわよ」と、キムが言った。

「あの子の名前だって、口にしないのよねぇ？」

「そうそう。どっちにしろ、つまんない名前だしね」と、サラ。

「うん、あの子はつまんない子よね」メラニーがくすくす笑った。

「それに、いやらしい告《つ》げ口屋《ぐちや》だし。あの子がお母さんにくだらないことしゃべるから、あの子のお母さんが、わたしのお母さんに文句言って、わたしが困ることになるのよ。うちのお母さんったら、わたしを、またあの子と仲良くさせようとするんだもん」

「げーっ、あの子と仲良くだって」と、サラ。

「でも、あの子、もう新しい友だちができたじゃない」キムが楽しげに言った。

「自分のことを『特別』だと思ってる友だちがね。そう、確かに、あの友だちは『特別』よね。『特別』っていうのが、『フケツな不良』ってことならね」

その言葉で、黙《だま》っていられなくなった。

「わたしの友だちのターニャのこと、不良なんて言わないで！」

わたしは、トイレの中から叫《さけ》んだ。

三人は、どっと笑った。

「あの『フケツな不良』の髪の毛、見た？ ぱっとしたオレンジ色よ。頭から、金魚の死骸《しがい》がいっぱい突きだしているみたいよね」と、キム。三人は、いっそう笑い転げた。

「それに、ハイヒールなんかはいちゃって！ よたよた、よたよた」

三人が、わざとらしく、よろけるまねをして、歩きまわる音がきこえた。

「あの子のオカアチャマ、よく、娘をあんな『フケツな不良』とつき合わせておくわね」

メラニーが言った。

「だって、どっちもオカアチャマでしょ？ あの『フケツな不良』も、乳母車《うばぐるま》に自分の赤んぼ

うを乗せてるわよ」と、キム。

「くだらないことばっかり、言わないでよ！」

わたしはトイレのドアの鍵《かぎ》をはずし、三人と対決しようと飛びだした。

「あの赤ちゃんはターニャのじゃないわ。ターニャは手伝ってるだけよ。それに、ターニャは不良じゃないわ。男の子とだって、つき合わないんだから。男なんて、まっぴらなんだって。

だから、へんなこと言わないでよね」

なんとか、怒った声をだそうとした。

でも、声はうわずるし、目には涙があふれてくる。あふれた涙がほほをつたった。三人とも、こっちを見ている。

「小さな羽虫《はむし》がキーキー言ってるの、聞こえる?」と、キム。

「なあに、トイレからひょっこりでてきたノミのこと?」と、サラ。

「汚《きたな》いノミね——水も流さなかったわよ」と、メラニー。

わたしはトイレを使ってもいなかったのに、三人はいっせいに顔をしかめ、キムは鼻をつまんだ。

とうとう、わたしは駆《か》けだした。泣きながら。三人はうんと笑った。

午後の授業のあいだ、ずっと泣きたい気持ちだった。教室の向こうにいるアーサーをすがる思いで見つめても、目を合わせようとしてくれない。

わたしは短い手紙を書いた。

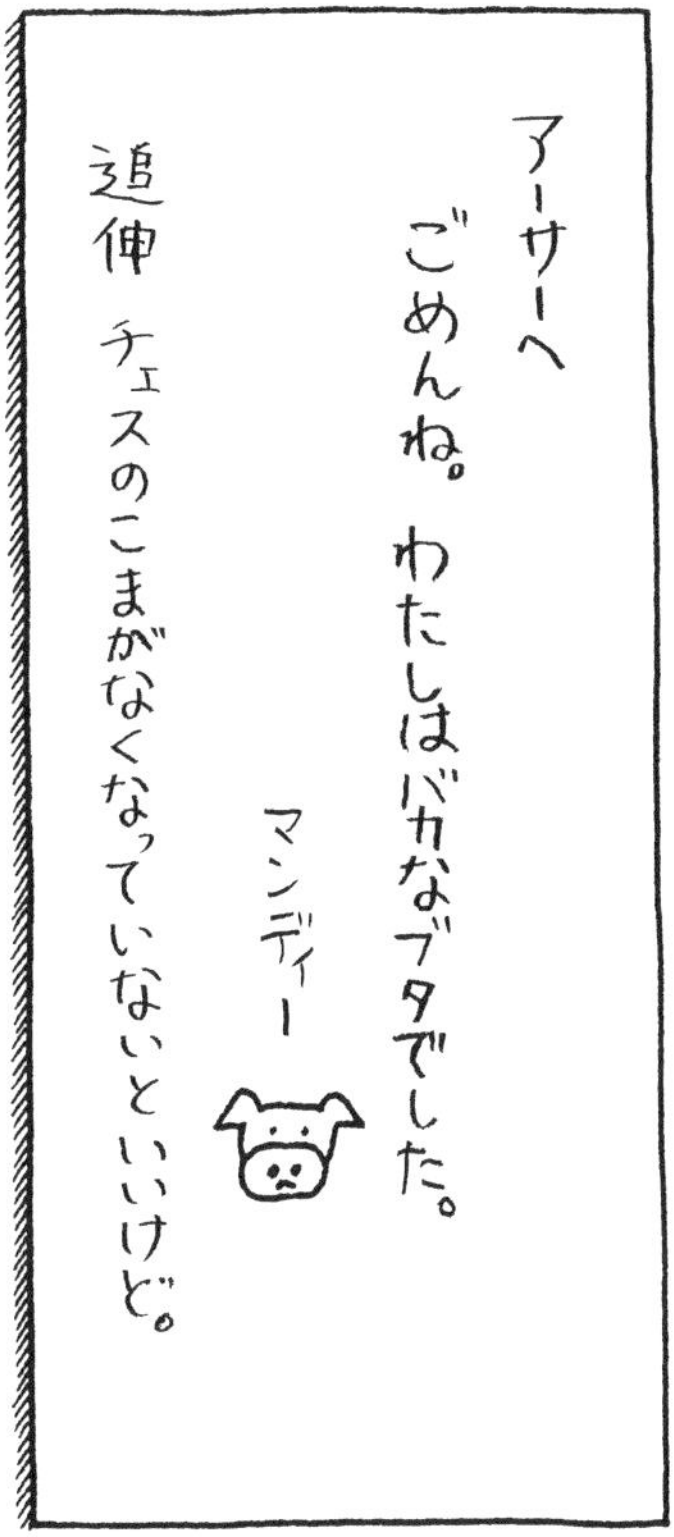

アーサーへ
ごめんね。わたしはバカなブタでした。
マンディー
追伸　チェスのこまがなくなっていないといいけど。

手紙を折りたたんで、表に、〈アーサー・キングへ〉と書いた。メラニーの向こう側に座っている女の子に頼《たの》んで、アーサーにまわしてもらおうと、身を乗りだした。でも、メラニーのほうがすばやかった。メラニーは、手紙をひったくると、開いて読んだ。そして、キムとサラにまわした。三人は、意味ありげににやにやした。キムは、わたしを指さしながら、鼻にしわを寄せて、小さく鼻を鳴らしてブタの鳴きまねをした。メラニーとサラもまねした。

わたしは、国語の練習帳の上に頭をたれた。力がはいりすぎてペン先が折れてしまい、書きにくいボールペンを使わなくてはならなかった。ページに涙がぼとぼと散って、インクがにじむ。次から次へと涙がでてきて、ページが水たまりのようになった。自分の涙でできた青い海で溺《おぼ》れているような気がした。キムとメラニーとサラが、浅瀬《あさせ》で鼻を鳴らしたり、くすくす笑ったりしている。

「だれですか、ばかみたいに鼻を鳴らしているのは?」

スタンレー先生が、イライラした口調《くちょう》でたずねた。

先生は教室を見まわした。涙ぐんだ目を見られたらまずいと、わたしは背中を丸めた。鼻水がでてきたので、かまなくちゃならなかった。

「マンディーです、先生。鼻をかんでるんです」キムが言った。

メラニーとサラが笑った。ほかの子も何人か、いっしょに笑った。

「およしなさい」

スタンレー先生はため息をついた。

「あなたたちの気をちょっと引きしめたほうがよさそうね。ノートをだして。綴《つづ》りのテストをします」

いっせいに不満の声があがった。クラスのほとんどが、わたしのほうを見る。まるで、わたしのせいだとでも言うように。

先生が単語を読みあげた。どんな字を書いても、まちがっているように思える。採点は、隣《となり》の人と交換してすることになっていた。メラニーだ。もう友だちじゃなく、二番めにひどい敵になったのに、それでも授業のときは組まなきゃならない。

スタンレー先生は、好きなように席を替わらせてくれるタイプではなかった。だから、わたしは、単語を書いた紙をメラニーにわたすほかなかったし、メラニーも、受けとらなくちゃならなかった。メラニーは、汚《きたな》い細菌まみれの紙でも扱《あつか》うように、紙のすみっこをつまむと、さっと自分の机の上に投げだした。

キムとサラは、そうそう、というようにくすっと笑った。

わたしは、二十のうちの十二しか合っていなかった。メラニーは、わたしのまちがいを全部、赤ペンで丸く囲んで大きなばつをつけた。今までいちばんできの悪いテストだった。メラニーは十四合っていた。キムは十八。キムがトップになった。アーサーにまで勝ったのだ。

それぞれが、自分の点を言わされた。わたしが小さな声で点数を言うと、先生はとても驚いた顔をした。叱《しか》られるかと思ったけれど、先生はなにも言わなかった。

でも、ベルが鳴ると、先生の机に呼ばれた。

「なにかあったの、マンディー？」

わたしは首を振って、床《ゆか》を見つめた。

「綴《つづ》りのテストはどうしたの？　メラニーは、ちゃんと採点したんでしょうね？」

わたしはうなずいた。

「メラニーとキムとサラは、まだくだらないこと言ってるの？」

「いいえ、スタンレー先生」わたしは答えた。

そう、三人は、わたしに向かって、言うわけじゃない。わたしのことを、言ってるだけ。でも、わたしの名前は口にしないから、三人が言ってるのはわたしのことだと、証明することはできない。キムは、とても頭がいい。

スタンレー先生は、わたしの言葉を完全に信じたようではなかったけれど、ため息をついて、解放してくれた。

外でお母さんが待っていた。心配しはじめていたようだ。でも、ターニャの気配《けはい》はなかった。

「ああ、きたのね、マンディー！　どうして、こんなに遅《おそ》かったの？　ほかの子はみんな、五分もまえにでてきてるのよ。残されていたんじゃないわよね？」

「違《ちが》うわよ。ただ、ちょっと……スタンレー先生が、話があるからって……でも、たいしたことじゃないの。お母さん、ターニャはどこ？」

「先生、なんのお話だったの？　ターニャのことなんて、どうでもいいでしょ」

「綴《つづ》りのことよ。つまんない、綴りのこと。また、ターニャが迎えにきてくれると思ってたんだけど。きのうの夜は、そう言ってたのに」

「でも、あなた、綴りは大得意じゃないの！　いつも単語は完全に覚えてるものね。それよりねぇ、いっしょに町で買い物でもしない？　デパートに行ったら、かわいいピンクのギンガム・チェックのワンピースがあったの、前にギャザーを寄せて刺繍《ししゅう》してあって――」

「げーっ！」

「そういう言い方はやめなさい、マンディー！　そういう言葉は、大きらい」

「だって、買い物には行けないわよ。ターニャと会う約束したから」

「だからね、あなたを連れて買い物に行くって、ターニャに言っといたわ」

「ええーっ！　でも、わたし、ターニャに会うほうが、ずっと、ずっと、ずっと、いいのに」

まるで、顔をひっぱたかれでもしたように、お母さんの顔がびくんと動いた。わたしのお腹《なか》がぎゅっとちぢむ。ひどい。女の子ならだれだって、お母さんにくっついてお店巡《めぐ》りをするよりは、友だちと遊ぶほうがいい。

「まあねぇ、あなたがどうしても行きたくないんなら、むりにとは言わないけど」

お母さんは気弱に言った。

「でも、新しい夏のワンピースがいるでしょ。それに、もう長いあいだ、放課後におでかけしてないわ。パーラーでアイスクリームでも食べようと思ってたのよ」

「ターニャも誘《さそ》えばよかったのに」

お母さんは深く息を吸いこんだ。鼻の穴がゆがむ。

「それはちょっと、どうかしらね、マンディー。このところ、あなたはターニャとばかりいるじゃないの。まったく、あの子ったら、毎日入りびたり。ふたりして、あなたの部屋に閉じこもって。おとうちゃまもわたしも、あなたの顔をほとんど見てないのよ」

「そんなことないじゃない！　それに、どっちにしろ——」

「あのね、つまらない議論をするつもりはないの。いっしょに楽しく買い物に行くの、行かないの？」

結局、買い物に行った。でも、楽しくはなかった。デパートのピンクのドレスは、ぜんぜん気に入らなかった。あまりにも幼い女の子って感じ。どっちみち、わたしに合うサイズは八才用なんだけれど。着ると、まさに八才に見える。いや、もっと下に。

「でも、とってもかわいいわよ」

試着室でひざをついて、すそを引っぱったり、うしろでかわいい蝶結《ちょうむす》びを作ったりしながら、お母さんが言った。

「この服に合わせて、お下げに、ピンクと白のリボンをつけるといいわね」

「げーっ！」

「マンディー！　何回言ったらわかるの？」

「だって、そんなの、げーっよ。わたし、もう、髪をお下げになんかしたくない。ばかみたいだもん。お父さんだって、そう思ってるわよ。それに、こんなばかみたいに子どもっぽいワンピース着たら、わたし、ほんとにばかみたい」

「ばかみたいに子どもっぽい態度をとってるのは、あなたじゃないの。まあ、いいわ、ピンクのワンピースじゃなくても。どれが気に入ったの？　あのサクランボ模様《もよう》のはどうかしら、襟《えり》に刺繍《ししゅう》のあるの。あれを着てみる？」

「ワンピースなんていらない。

だれもワンピースなんて着てないもん」

「わかったわ」と、お母さん。

でも、ぜんぜんわかってない。

「じゃ、みんな、肌着とパンツだけで外を歩いているわけね？」

「違《ちが》うわよ。女の子はみんな……ショートパンツをはいてるの」

お母さんは、ふんという顔をした。

「お母さんが、あなたをターニャみたいなショートパンツ姿で歩きまわらせると思ったら、大まちがいよ」

「ターニャのことだけ言ってるんじゃないわ」

わたしは言い返した。ほんとうはそうだったんだけど。

「クラスの女の子は、みんなショートパンツやジーンズやスパッツをはいてるの」

「そうねえ。でも、ああいうかっこうは、あなたには似合わないわ」

「でも、似合うようになりたいの。ほかの子と同じようなかっこうがしたいの。だから、いつも、いじめられるの。わたしがみんなと違《ちが》うからよ」

わたしは訴《うったえ》えた。

お母さんはためらっている。わたしはがんばった。結局、お母さんはショートパンツとTシャツを買ってくれた。長めのショートパンツでピンク。でも、とにかくショートパンツだ。

新しい水着も買ってくれた。毎週日曜の午前中は、お父さんと泳ぎに行く。

わたしはビキニを買ってとせがんだ。そうすれば、ビキニのトップをショートパンツと組み合わせて着られると思ったから。きっと、すてきだろう。

でも、お母さんは笑いとばした。

「ビキニですって！ マンディー、はっきり言って、あなたはアイロン台みたいに、上から下までぺっちゃんこじゃないの！」

お母さんが買ってくれたのは、どうってことのない子ども用の水着だった。ピンクのはなかったから、今度はだいじょうぶ。わたしは明るいオレンジ色にしたかったけれど、お母さんは派手すぎると言って、青い水着を選んだ。前に、子どもっぽい小さな白いリボンと、ウサギの顔の形をした白いボタンがふたつついている。

「とってもかわいいわ」お母さんは言った。

一生懸命、きて楽しかったでしょ、という顔をしている。

折れたペンを見せても、お母さんは怒らなかった。文房具売り場で、新しいインクペンと、おそろいのシャープペンシルを買ってもらった。

買い物ツアーが終わったら、まっすぐ家に帰りたかったのに、お母さんはアイスクリームをごちそうしてあげるという。

いっしょにパーラーへ行った。チェリー・スペシャルを頼《たの》んだわたしは、チェリーをしゃぶったり、クリームをちょびちょびなめたり、銀色のお皿の中で、アイスクリームをぐずぐずかきまわしたりした。なんだか、いつもみたいにおいしくなかった。

やっと家に帰ると、ターニャが待っていた。うちの庭を囲む低い塀《へい》の上に座っている。

わたしが急ぎ足になると、お母さんはため息をついた。

「その塀は、上に座れるほどがんじょうじゃないのよ、ターニャ」お母さんは呼びかけた。

「そうだね、あんまり座り心地はよくないや」

ターニャは立ちあがると、腿《もも》についた赤いあとをさすった。

「ねえ、その買い物袋、なに？ なにか買ってもらったの、マンディー？ いいなあ！」

ターニャになにか買ってくればよかったと、どれほど後悔《こうかい》したことだろう！

ターニャはわたしに、あの緑のシュシュをくれたのに。

「ほら、ターニャに、ちょっとしたプレゼントを買ってきたのよ」

わたしは急いでそう言うと、袋からシャープペンシルを取りだしてターニャにわたした。

お母さんは眉《まゆ》をつりあげたけれど、なにも言わなかった。

「わお！ あたしにプレゼントだって！ ペンだね、すごい。シャーペンなんてステキなもの持つの、初めて。ほんとにありがとう」

ターニャはそう言って、わたしにキスをした。伸《の》びあがって、お母さんにまでキスした。

「さてと――で、なに買ったの？」

ターニャは袋の中をかきまわした。

「わあ、かわいい！」

新しいＴシャツとショートパンツをひろげて、ターニャは叫《さけ》んだ。

お母さんは意外だという顔をしながらも、うれしそうだった。

「『かわいい』って、どういう意味？」

わたしは、ターニャに文句を言った。

「ターニャなら、ぜったい、こんなの着ないでしょ」

「そうだね、だけど、あんたにはとってもよく似合うよ」

「ありがと！」

わたしは、ターニャをちょっとこづいた。

「あとはなにを買ったの？」

ターニャは、ほかの袋を探《さぐ》った。

「わあ、あたしのシャーペンとおそろいのペンだ！ で、これはなにかな？」

「ただの水着よ」

「見せて。わあ、このウサギさん、いいなあ」

わたしは目を細めて、眼鏡《めがね》ごしにターニャをじっと見た。

心にもないことを言っているのか、本音なのか、まだよくわからない。

「じゃ、泳げるの、マンディー?」

「もちろんよ。マンディーはね、お父さんと、毎週日曜日に泳ぎに行くの」

お母さんは、買ってきた服をさっさとたたむと、袋に戻した。

「さあ、マンディー、家におはいりなさい。ごはんにしなくちゃ」

「お父さんに泳ぎを教えてもらったの? マンディー。あたしにも教えてくれるかなあ?」

あたしも、日曜日にいっしょに行っていい?」

「もちろん、いいわよ!」わたしは大喜びで答えた。

「そうねぇ」と、お母さんは言った。

「そうねぇ」というのがどういうことか、わたしにはわかっていた。

だめです、のていねいな言い方なのだ。

でも、帰ってきたお父さんは、この考えが気に入ったようだった。

「いいとも。もちろん、ターニャもいっしょにきたらいいさ」とお父さんは言った。

わたしは、ワーイと喜びの声をあげた。

「ちょっと、どうかと思いますけどねぇ」台所からお母さんが言った。

「ターニャったら、このところ、どこへでも、マンディーにくっついてくるんだから」

「ターニャはくっついてなんかこないわよ。わたしがターニャにくっついてるの」

わたしは強い口調《くちょう》で言った。

「そんなに興奮することないでしょ、マンディー」

お母さんが、エプロン姿で玄関《げんかん》にでてきた。

「さあさあ、まずお父さんに、着替《きが》えてくつろいでもらわなくちゃ。せがむのはそれからにしなさい。泳ぎに行くことについては、あとで話し合いましょう」

「話し合う必要なんてないじゃない、お母さん。お父さんは、いいって言ってるんだから」

わたしは言い返した。

お母さんがなんと言おうが、お父さんの気持ちは変わらず、かまわないと言いつづけてくれた。

「あなたはひどくターニャが気に入っているみたいだけど――わたしはどうも心配なの。ウィリアムズさんと話したんだけどね、ターニャはほんとうにひどい環境で育ったらしいの」

お母さんは、お父さんになにかささやいた。わたしは聞きとろうと耳をすませた。盗《ぬす》む、という言葉がきこえないかと思って。

お父さんは、唇《くちびる》を噛《か》んでいるわたしを見た。

「なるほど。かわいそうになあ。どうやら、ターニャはつらい生活を送ってきたようだ。だとしたら、ぼくたちは、なおさら、あの子にやさしくしてやるべきなんじゃないか? 愛情にあふれたふつうの家庭の生活がどんなものか、見せてやったら? あの子はとってもいい子みたいだ、育ち方のわりには――マンディーをずいぶんかわいがってくれてるし。ふたりが友だちになったって、なにも悪いことはないじゃないか。きみは、ターニャがマンディーに悪い影響を与えるかもしれないと、そればかり言うね。マンディーがターニャにいい影響を与えるかもしれないとは思わないのかい?」

わたしは、やったとばかり、こぶしを宙に突きだした。

お父さんは、完全にお母さんを負かしてしまった。

というわけで、わたしたちは日曜日に泳ぎにでかけた。お父さんとターニャとわたし。最初、ターニャはあまり乗り気に見えなかった。お父さんとわたしが七時半にターニャを誘《さそ》いに行くと、二回起こしたのにまだ寝ている、とウィリアムズさんが言った。

ターニャは十分後にでてきた。青白い顔であくびをし、オレンジの髪はつっ立っている。お化粧《けしょう》をしていないターニャを見るのは、初めてだった。びっくりするくらい、いつもと違《ちが》う。ずっと年下に見える。もろい感じ。傷つきやすそうだ。

待たされてイライラしていたお父さんは、にっこりした。

「おはよう、ターニャ！」

「おはよう！　なんだかまだ夜中みたいな気がする」

ターニャはそう言いながらも、お父さんに笑顔を返した。

それから、わたしに舌を突きだした。

「なにじろじろ見てんのよ？」

ターニャは、いつもと違う、お化粧なしの両目をごしごしこすり、髪を指でとかした。

「ひどい顔でしょ？」

「すてきだよ」わたしは答えた。

きっとビキニだろうと思っていたら、プールで着替えたターニャは、古くて色あせた、ありきたりの紺《こん》の水着だった。

「自分の水着は持ってないんだ。これは、ウィリアムズさんの娘さんが学校で着てたやつ。みっともないだろ？　ほら、小さな穴がいくつも空《あ》いてる」

ターニャは指で穴をつついた。

「ワイセツ罪で逮捕されるかも！」

「ぜんぜんへんじゃないわ」わたしはきっぱりと言った。

「へんに見えるのは、わたしのほうよ」

わたしは、水着のリボンと子どもじみたウサギの顔を引っぱった。

「あんたはとってもかわいいよ」

ターニャの口ぶりは、うらやましそうだった。

「あんたは幸せだね。お母さんはうんとあまやかしてくれるし。お母さんは泳ぎにこないの？」

わたしはターニャの顔を見た。ふたりとも、ぴちぴちの水着を着たお母さんの姿を思い浮かべ、悪いかなと思いながら、にやっとした。

「こないだろうねぇ」

とターニャは言った。

わたしたちは同じロッカーに服を入れた。わたしの新しいTシャツとショートパンツが、ターニャのタンクトップとスパッツといっしょに丸まっているのは、うれしかった。

眼鏡《めがね》もはずしておかなくてはならない。眼鏡をはずすと、いつもへんな感じだ。世の中全体がうすぼんやりと、遠くに行ってしまう。プールまで、半分手探りで行かなくちゃならない。見えるのはただ、あざやかにきらめく青だけ。

「ほら、手を引いてあげる」

ターニャは、わたしの手をしっかりとにぎった。

「あんたのお父さん、どこ？　ああ、いたいた。プールのはしに立ってる。ちょっと、飛びこむつもり？」

ターニャは、わたしを、ぐいぐいお父さんのほうへ引っぱっていった。

しめったタイルの上を、裸足《はだし》の足で走って。

「飛びこむなんて、ぜったいむりだよ！」

ターニャは言った。

「ぜったいできるよ」お父さんは子どもみたいに言い返した。

そして、飛びこんだ。両腕《りょううで》がなめらかに水をかき、ぴんと伸《の》びた足が水をけって、青緑の靄《もや》の中に消えていく。

「わあ、ちゃんとできるんだ！

オヤジのくせに目立ちたがりだね」

ターニャは笑った。

泳いで戻ってきたお父さんも、笑っていた。お父さんは、水からあがってプールサイドに座り、足をぶらぶらさせた。全身に、小さな水のしずくが光っている。

わたしは、お父さんのたるんだお腹《なか》や胸の毛が気になった。毛は灰色だ。でも、ターニャは、すごくかっこいいお父さんだと思ってくれたようだった。

「ねえ、どうやって飛びこむのか教えてよ。すごくうまいんだね！　それに、あんなふうに、すいすい泳げるようにもなりたいなあ。あたしはただ、水を跳《は》ね散《ち》らかすだけなんだもん」

ターニャは何度もそう言いながら、なかなか水にはいろうとはしなかった。お父さんはターニャの両手を支えて、なだめすかして、階段をおりさせなければならなかった。わたしは飛びこんだ。水の中にはいっても、ターニャは体をかがめて肩までつかろうとはしない。両腕《りょううで》で体を抱くようにして、震《ふる》えながら立っている。

お父さんはクロールのやり方を教えようとしたけれど、ターニャはとてもできそうにないという顔をして、耳の病気があるから、頭は水につけないほうがいいかもしれないと言いだした。お父さんは無理強《むりじ》いしなかった。かわりに、わたしたちは水のなかでぴょんぴょん跳《は》ねて遊んだ。初めはお父さんとわたしとで。でも、わたしたちがターニャの手を捕《つか》まえると、ターニャもいっしょにぴょんぴょん跳ねた。最初はキャーキャー悲鳴をあげたけれど、そのうち、おもしろくなったみたいで、笑いはじめた。

「あたしたち、楽しいぴょんぴょんファミリーだ」

みんなでめちゃくちゃに〈まわってまわって〉をやりながら、ターニャは言った。

ターニャはうたった。

「あたしたちは、た・の・し・い、ぴょんぴょんファーミーリー。マンディーのお父さんと、マンディーと、あたし」

みんなで、ターニャの歌をくり返しくり返しうたいながら、青い水の中でぐるぐるまわった。

「わたしたち、ほんとうの家族だったらいいのに。ターニャがお姉さんになってくれるなら、なんだってあげちゃう」わたしは言った。

「ああ、あんたはもう、あたしの妹みたいなもんだよ」と、ターニャは答えた。

「あたしたち、いつもいっしょで、だれにも引き離《はな》せないもんね」

インディゴブルーの章

学校では、相変わらず、みじめだった。キムとメラニーとサラは、わたしが通るたびに、鼻をつまむようになった。ほかにも、まねする子がいた。アーサーはしないけど。でも、アーサーはまだちょっと腹《はら》をたてている。わたしは気にしないことにした。ミランダ・レインボウになったつもりで、頭をおこして堂々《どうどう》と歩いていこうとしたら、キムに足を引っかけられて、転ばされた。

キムは、まわりに先生がいるときはなにもしない。

校長先生が〈いじめをなくす運動〉をすすめているからだ。

「夏休みになるまで待とうよ」

キムは、大きな声でメラニーに言った。

「そしたら、あの子をいたぶってやれる。あんたの家でね」

お母さんは、メラニーのお母さんとの取り決めをそのままつづけるつもりなのだ。夏休みの午前中は毎日、お母さんが働いているあいだ、わたしはメラニーの家に行くことになっていた。

「だって、もう、メラニーの家には行けない」わたしは抗議した。

「あの子たち、まだ、あなたのことをいじめてるの？」お母さんはたずねた。

「ううん、そんなことないの。ときどき、ばかみたいなことはするけど。また学校へ行ったりしないでね、お母さん！　お母さんに言われたように、無視してるんだから。でも、お休みのあいだメラニーの家へ行くのは、ぜったい、いや。あの子、わたしのことをきらってるのよ。わたしも大きらい」

お母さんはひどくやきもきした。なんとか、メラニーと仲直りさせたがった。

「だけど、マンディーはメラニーと仲良くしたくないんだ。それは当然だよ。メラニーにひどいことをされてるんだから」お父さんは言った。

「まえは仲良くしてたのにねぇ。メラニーのところに頼《たの》めないとなると、どうしたらいいかしら」

お母さんは困りきった顔をした。

「マンディーを会社に連れていくわけにはいかないし。まだ小さいから、ひとりで置いておくわけにもいかないし。かといって、ベビーシッターを頼《たの》む年令でもないしね。いったいどうしたらいいのかしら？」

「きまってるじゃないか！」お父さんが言った。

「ビラでも貼《は》って、探《さが》せって言うの？」とお母さん。

「そうじゃない！　ウィリアムズさんに話してみるんだ。きっと、喜んでマンディーのこと、みてくれるよ。そうすれば、ターニャともいっしょに遊べるし」

「そうだ、それがいい！　それがいい！　それがいい！」わたしは叫《さけ》んだ。

お母さんは、だめだと言った。どうしてもだめだと言い張《は》った。わたしの面倒《めんどう》をみてくれる人をほかに探そうとした。でも、結局、最後にはあきらめて、ウィリアムズさんと話をつけた。

「ああ、お母さん、よかったあ！」

わたしは、部屋じゅう飛びはねた。

「ほらほら、はしゃぎすぎないで。なにか倒しちゃうわよ！　言っておきますけどね、マンディー。ウィリアムズさんのところでは、おとなしくしているのよ。ターニャと好きほうだいさせるつもりはないの。ちゃんとルールは守るのよ、わかったわね？」

「仰《おお》せに従《したが》います、母上さま」わたしは答えた。

わたしたちは、お母さんのルールになんか、ぜんぜん従わなかった。ウィリアムズさんは、赤ちゃんたちが寝ているときに、大きな音で音楽をかけたりしないかぎり、わたしたちがなにをしようと気にしなかった。ターニャと街へも行かせてくれるし、帰りが遅《おそ》くなっても怒りもしない。

「ターニャはいいわねぇ」

腕《うで》を組んで街へと歩きながら、わたしは思わずそう言った。

「ウィリアムズさんは、うちのお母さんみたいにガミガミ言ったり、ルールを押しつけたり、叱《しか》りつけたりしないもの」

「ああ。それは、あの人がほんとのお母さんじゃないからだよ」ターニャは言った。

「ただの里親《さとおや》だもん。役所からお金もらって、あたしの面倒《めんどう》をみてるだけ。仕事でやってるんだよ。それに、べつにあたしをほしくてもらったわけでもないし。たまたま、押しつけられたんだ、ほかに引き取り手がなかったから。あたしたち、うまくやってるよ。あの人は悪い人じゃないし。

でも、あたしのことなんて、べつに気にかけてない。赤ちゃんたちには、ときどきかわいくてたまらないって顔をすることがあるけどね。なんでなのか、ふしぎなんだけど。どの子もたいてい、いつも、べとべとで鼻水たらしてんのに。でも、あたしのことはぜんぜん気にかけてないよ。

だから、ガミガミ言わないんだ。あんたのお母さんがうるさく言うのは、あんたがかわいくてたまらないからだよ。見ればわかる。かわいくてしょうがないんだ」

わたしは、なんと言っていいかわからなかった。

「お父さんもあんたのこと、すごくだいじにしてるね」
ターニャは、とてもうらやましそうな口調《く ちょう》で言った。
「ターニャのお父さんは?」わたしは聞いた。
ターニャは、お父さんのことをほとんど

口にしたことはない。

「あんなやつ！」

ターニャはふんと鼻を鳴らした。

「もう長いこと、顔見てないよ。見たくもないけど」

ターニャは腕《うで》をふりほどくと、サンダルをカタカタいわせて足を速めた。わたしは急ぎ足でついていかなければならなかった。

ターニャは顔を向こうへそむけた。泣くのをがまんしているように見えた。

「ごめんなさい、ターニャ」わたしはおろおろと言った。

「なにがごめんなのよ？」ターニャの口調《くちょう》はきつかった。

「あのう、いやな気分にさせるつもりはなかったの。お父さんのことで」

「べつに、いやな気分になんかなってないよ。あいつのことなんて、なんとも思わないもん。お母さんのことだって、もう平気。弟たちのことも。よそにもらわれて、うまくいってるんだから。ただ、カーメルのことはちょっとね……」

「妹さんに会わせてもらえないの？」わたしはたずねた。

「イースターのときに会わせてもらったけど、付《つ》き添《そ》いつきでさ。妹は、なんだか、もじもじしてるし、あの子の養母《ようぼ》はいるしね……」

ターニャは鼻をすすった。

「もうやめようよ、マンディー。このことは話したくないんだ、わかった？」

「わかった」

「そんなに落ちこんだ顔しないでよ、おばかさん。さあ、街で楽しもう」ターニャは言った。

わたしたちは薬や化粧品《けしょうひん》を売っている店に行って、ずいぶん長いあいだ、化粧品のコーナーにいた。最初は、すごくおもしろかった。ターニャはアイシャドウや口紅《くちべに》のサンプルをわたしの顔に塗《ぬ》り、それからお試し用の香水をふたりで振りかけた。

ところが、ターニャは棚《たな》のあいだをぶらぶらしはじめると——手を伸《の》ばしてなにかをつかんだ。ターニャは大きなポケットのあるフードつきのトレーナーを着ていた。ものを隠《かく》すにはもってこいだ。

わたしはがたがた震《ふる》えながら、ターニャについていった。ターニャは店内をぶらぶら歩く。なんでもない顔で、落ちついて。慣《な》れてるんだ。

店をでるときには、いつ、ターニャの肩に手が置かれ、きびしい声が飛んでくるかと、ひやひやした。でも、そんなことはおきなかった。わたしたちは歩きつづけた。

ターニャは、目を輝かせてにこにこしている。すっかり、気分がよくなったみたいだ。

「さあ、マンディー、おいでよ。あんたをトイレへ連れていかなきゃ。そんなふうに塗りたくったままじゃ、まるで、ピエロみたいだからね」

ターニャはそう言ってから、わたしの顔をしげしげと見つめた。

「どうかした？」

喉《のど》がからからで、声がでない。わたしはただつっ立って、震《ふる》えていた。

「あんたのためになにを手に入れたか、見たい？」ターニャはささやいた。

ターニャはポケットをひろげて、ヘアスプレーを見せた。

「まえに言ったじゃん、髪をまとめるにはこれがいるんだ。アップにするときにね。なんで、あたしがあげたシュシュ、使わないのさ？」

わたしは、ただ肩をすくめて首を振った。ターニャの気持ちをまた傷つけるのがこわかった。万引きのことなんか、とても言えなかった。

ターニャは、いっしょに買い物に行くたびに万引きするようになった。わたしは、相変わらず、口にだしてはなにも言えず、なんとか、外に行かないで、ウィリアムズさんの家にいようとした。

「ターニャ、お願い。買い物はつまんないんだもん。家で音楽を聴いたり、絵を描いたりしようよ。なんでもいいから。ね、お願い」わたしは頼《たの》んだ。

うまく家にいられることもあった。そういうときは、とっても楽しかった。ターニャのテープを、わたしでさえ歌詞を覚えてしまうほど、何度もかけた。わたしは、声をださずに口を動かすだけだけど。ターニャはハスキーな声でものすごくかっこよくうたい、振りもちゃんとつけて、自己流のダンスまでする。

「あたし、ロックスターになれると思わない?」ターニャは体を揺らしながらたずねる。

「ぜったい、なれる」わたしは答える。

ターニャは、服装もロックスターふうにきめる。艶《つや》のあるショートパンツに、すみれ色できらきら光る魅力的なタンクトップ。すごくすてきだ。まぶたには紫《むらさき》のアイシャドウを、ぐるぐると、渦《うず》を巻くように眉毛《まゆげ》まで塗《ぬ》る。

一度なんか、わたしのフェルトペンで、両腕《りょううで》と両足にいろんな模様《もよう》を、タトゥーみたいにかっこよく描きこんだ――ふしぎな顔のある花、跳《は》ねまわるユニコーン。魔法をかける魔女。細い手首のまわりには、青紫《あおむらさき》でブレスレットを描いた。

そして、わたしに手伝わせて、指の一本ずつに、赤いルビーや、緑のエメラルドや、紫《むらさき》のアメジストや、青いサファイアのついた指輪を描いた。

「わたしにもタトゥー描いてよ、ターニャ」わたしはせがんだ。

「あんたのお母さんに怒られちゃうよ」

ターニャはそう言いながらも、わたしの手首の内側に、小さなタトゥーを描いてくれた。フェルトペンの先がくすぐったくて、静脈《じょうみゃく》を押さえられるとへんな感じがした。ターニャが描いたのは、フリルでふちどった赤いハートだった。ふたつの名前が合わさっている。

ターニャとマンディー。わたしは、うれしさと誇《ほこ》らしさで、くらくらするほどだった。

お母さんが迎えにくる時間になると、わたしは、タトゥーの上に絆創膏《ばんそうこう》を貼《は》って、ひっかき傷を作ったとごまかした。ひとりのときに、ハートをちょっとのぞいてみることができる。

寝るまでそのままにしておいたのに、お母さんに、お風呂にはいるように言われた。絆創膏《ばんそうこう》ははがれおち、ハートは洗い流されてしまった。

次の日、わたしはフェルトペンを持っていき、もう一度、ハートを描いてもらった。

ターニャは、新しいシャープペンシルで絵を描くのも好きだった。

わたしたちは、いっしょに世界を旅するふたりの女の子の、すごくおもしろいお話を作った。ターニャは自分の女の子に、ラブ・ターニャ・ターニャニータという名前をつけた。わたしのはミランダ・レインボウと呼ぶことにした。

最初、わたしは、自分がだいじにしている空想の女の子のことを、ターニャに話すのが、ちょっと心配だった。でも、ターニャはまじめに聞いてくれて、ばかにしたりしなかった。

ラブとミランダは、初めはお金がなくて、通りがかりのトラックを止めて乗せてもらったり、ひとつしかない寝袋にいっしょにもぐって、道ばたで寝たりする。でも、ラブは歌をうたいはじめて、アルバムがヒットし、マドンナよりたくさんのお金をかせぐ。ミランダとは、相変わらず親友のままだ。ふたりは高級マンションの最上階に住む。白い家具、白いカーペット、ハートの形の白いベッド。外の大きなプールには、ほんもののイルカが何びきも泳いでいる。ラブとミランダが世界を旅するときは、今では、長い車体の白い自家用リムジンがある……。

ターニャは、お話をふくらませていくのがとてもうまいので、ずっと覚えておけるように全部書いておいて、とわたしは頼《たの》んだ。

「おんな子が、ほたり、いました」

ターニャは、ゆっくりゆっくり書いた。

わたしはなにも言わなかった。

でも、ターニャはわたしの表情を読みとった。

「あのさ、あたし、書くのはいまいちなんだ」

ターニャは言った。

「学習面では、いろいろ問題があってね。

お母さんのことやらなにやらで。それに、もともと失読症《しつどくしょう》なんだよ。知ってる? 読み書きがうまくできないの。だけど、頭が悪いってわけじゃないんだよ」

「もちろんよ」わたしはあわてて言った。

「頭が悪いわけないよね。言葉はいろいろ知ってるんだから、うんと長いのだって。ただ、それを、どうやったら、ちゃんと書けるのか、わからないだけなんだ」

「わたしが教えてあげる!」

わたしはそう提案した。

でも、うまくはいかなかった。なんだか、きまりが悪くて、ターニャのまちがいをいちいち指摘《してき》できない。思い切って、まちがってるよと言ってみると、ターニャはまっ赤になる。

「ねえ、こんなのつまんないよ! 今は、休みなんだよ。休みに学校みたいなことなんか、やりたくないよ。さあ、街へ行こう」

「だめ!」

「ねえったら、マンディー。家にいるのはあきあきしちゃったよ」

「お母さんが迎えにくるまで、もうあまり時間がないもん」

「ばかなこと言わないでよ。あんたのお母さんは、一時半までこないじゃない。なんで買い物に行きたくないのさ?」

「わかってるでしょ」わたしは必死の思いで言った。

「なによ?」

「あのう……あのう、わたし、いやなの、ターニャが……」

「あたしが、なんだって?」

「わかるでしょ」

「わかんない。だから、言ってよ」

ターニャは、サンダルのストラップをとめた。

「あのう……ものをとるでしょ」

ターニャは、サンダルをはいて立ちあがると、両手を腰にあてた。

「でも、いつだって、あんたにも、ちゃんといいものを、とってやってるはずだよ」

「うん、でも……あんなこと、しないでくれるほうがいい。とってもこわいの」

「だいじょうぶだよ。あたしは、自分がやってることはちゃんとわかってんだから。捕《つか》まったりしない、ほんとだよ。ぜったい捕まらない」

「でも……悪いことでしょ」わたしは、泣きそうになりながら言った。

「なんだって？　やだ、ちょっと待ってよ」

「あれは、盗《ぬす》みよ」

「盗みだってことは、わかってるよ。でも、店は損《そん》しないんだ。万引きされるぶんだけ、値段を高くしてるんだから。それに、万引きでもしなきゃ、あたしはどうやって必要なものを手に入れたらいいんだよ？　パットは、あたしを引き受けてうんとお金をもらってるのに、たいしてこづかいもよこさないしさ。そりゃああんたは、お利口《りこう》さんでいられるさ。山ほどいろいろ買ってもらえるんだから」

「わかってる。ごめんなさい。怒らないでよ、ターニャ。いいわ、買い物に行こう」

わたしは涙ぐみながら言った。

「なんだかもう、行きたくなくなった」と、ターニャは答えた。

「あんたのおかげで、気分壊《こわ》れちゃった。まえによく、カーメルに、いろんなものをとってきてやったけど、あの子は大喜びしたよ。あたしのこと、ほんとにすごいと思ってた。

いつも、いっしょに楽しくやってたんだ。だけど、あんたってぜんぜんおもしろくないね、マンディー・ホワイト」

ターニャはベッドに寝転がると、顔を隠《かく》した。

「ああ、ターニャ、そんなこと言わないで、お願い」

わたしはめそめそ泣きだした。

ほんの何秒かのあいだで、なにもかも、すっかり台無《だいな》しになってしまったのが、信じられなかった。自分の舌を噛《か》み切りたかった。

そのとき、ウィリアムズさんがドアをノックして、顔をのぞかせた。

「やっぱりね、泣き声が聞こえたと思ったのよ！　どうしたの、マンディー？」

「べつになんにも」

わたしは、間《ま》のぬけたことに、わあわあ泣きながらそう答えた。

ウィリアムズさんは、ベッドのほうを見た。

「ターニャはごきげんななめなの？　ねえ、ターニャ？」

ターニャは動こうとしない。

「まあいいわ。わたしと下へいらっしゃいよ、マンディー。お茶とクッキーでもどう?」

と、ウィリアムズさんは言った。

「ターニャは?」

「その気になったらくるでしょう」と、ウィリアムズさん。

ターニャは、ぜったい、こないだろうと思った。わたしは泣きじゃくって、お茶が飲めなかった。サイモンがやってきて、わたしの足の上に座り、ふしぎそうにわたしを見あげた。チャーリーもはってきた。歯がはえかけているので、きげんが悪そうにぐすぐす言っている。あごから、よだれがたれている。赤ちゃんのリッキーも、玄関《げんかん》の乳母車《うばぐるま》の中でわあわあ泣きはじめた。

「あらまあ。きょうはみんな泣くのねぇ」と、ウィリアムズさんは言った。

「で、なにが原因でターニャとけんかになったの、マンディー?」

「べつに、なにも」

鼻をかみながら、わたしはまたそう言った。

「そう、べつになんでもないよ」

聞き慣れた声がした。

ターニャがサンダルを鳴らしながら台所へはいってきた。

「あたしもお茶がほしいなあ、パット。それに、チョコレートクッキーも、ね？」

ターニャはかがみこんで、サイモンのお腹《なか》をくすぐった。

「チョコレートクッキー、ほしいよねぇ、ちびちゃん？」

サイモンは、キーキー声をあげて笑った。チャーリーもかまってもらいたがり、ターニャは、はずみをつけて、頭の上まで持ちあげてやった。チャーリーは大喜びで、よだれをたらした。

「やだ。あんたのよだれで、びしょぬれだよ。この蛇口《じゃぐち》みたいなちびめ」

ターニャはチャーリーを下におろすと、自分の顔をふいた。

ターニャは、わたしのほうを見た。

「なによ、あんたも水がでっぱなしじゃない！　どうかしたの？　マンディー」

「ああ、ターニャ」わたしはしゃくりあげた。

「また、仲良くしてくれる？」

「あたしたちはいつだって仲良しじゃないか、おばかさん」

ターニャは、わたしの顔にふきんを押しあてた。

「ほら、涙をふきなよ」

「これから、買い物に行こうよ」わたしは言った。

ターニャは、チョコレートクッキーをかじりながら答えた。

「いや、もういいよ」

「また明日にしよう」

ターニャがなにをしても気にするのはやめよう、とわたしは決めた。

どんなことがあろうと、ターニャとは友だちでいたい。

たとえ、でかけたときにターニャが万引きしようとも。

とはいっても、次の日、ふたりで街へと歩きながら、わたしは不安でたまらなかった。

ターニャは、わたしの顔をじっと見つめた。

「元気ないんじゃない？」

「そんなことない！」

わたしはあわててそう言うと、むりに笑顔を作った。

「さあ、なにが気になるのか、ターニャお姉さんに話してみなよ」

ターニャはチャーリーにするように、わたしのあごの下をくすぐった。

「やめてよ」わたしはけたたましい声で笑った。

ターニャに、ゆかいな子だと思ってもらいたかった。

ターニャは、文字を読むのはあまり得意ではないかもしれないけれど、わたしの気持ちはすぐに読みとってしまう。

「わかったよ、マンディー。あのさ、ほんとにいやだって言うんなら、もうあんたにあげるものを万引きするのはやめる、それでいい？」

「ほんとに？」

わたしは、めまいがするほど、ほっとした。

「自分のものを万引きするのをやめる、とは言ってないよ。いいね」

ターニャは、にやっとした。ターニャは、わたしの体に片腕《かたうで》をまわした。

「それでも、あたしと友だちでいたい?」

「ターニャは、世界でいちばんの親友よ」わたしは熱っぽく答えた。

わたしたちは、フラワーフィールズ・ショッピングセンターに行った。最初のうちは、とっても楽しかった。プラスチックでできた花のあいだで、生きているみたいなネズミやウサギやリスが、ダンスするのを見て、はしゃぎまわった。ターニャは、願いごとの泉の中から、てのひらいっぱいのコインを拾いあげた——でも、また、全部投げこんだ。

「ほら、たくさん願いごとをしなよ、マンディー」

ターニャは、パラパラ音をたてて、一度にコインをまきちらしながら言った。

ターニャが永遠に友だちでいてくれますように、とわたしは祈った。

今度学校が始まったら、キムとメラニーとサラのいじめがやみますように、とわたしは祈った。

ミランダ・レインボウに変身できますように、とわたしは祈った。

願いごとが全部かないますように、とわたしは祈った。

「ターニャはなにを祈ったの?」わたしは聞いた。

ターニャは、鼻をぴくぴくさせた。

「言っちゃうと、願いごとはかなわないからね」ターニャは答えた。

わたしたちは、ショッピングセンターじゅうを歩いた。レコード店でしばらく音楽を聴いた。ターニャは、新しいカートのTシャツに、さも、ほしそうに手を伸《の》ばした。わたしは、どきっとした。でも、ターニャは、ちょっとなでてみただけだった。

「すてきだよねぇ。パットに、買ってくれないか頼《たの》んでみよう。夏の服がいるもんね」

「わたし、貯金があるの。そのTシャツ、ターニャへのプレゼントに買ってあげる」

わたしは、財布の中をかきまわしながら言った。

「今日は、お金を全部持ってきていないの。お母さんが、一度に全部は持たせてくれないから。でも、家には二十ポンド近くあるの、ほんとうよ」

「そのお金はとっときなよ、マンディー」

ターニャはそう言いながらも、うれしそうだった。

ガラスばりのエレベーターで、最上階へのぼった。エレベーターが上へあがるとき、ターニャはわたしと手をつないだ。わたしはうれしくて、ふたりで、このまま空中へ、空高く舞《ま》いあがっていくような気がした。最上階に着くと、ターニャは、並んでいる高級店を見まわした。

「ほら、ここがよさそうだ」

ターニャは、わたしを引っぱっていった。それは《インディゴ》という店だった。わたしははいったことがないけれど、メラニーがよく話していた。店の正面はダークブルーで、ドアは銀色のよろい戸、カウボーイ酒場の入り口みたいな戸だ。中もダークブルーで、銀色の光が渦巻《うず》いている。自分たちの体もへんにブルーがかって見えて、ふたりでくすくす笑った。

服は、全部、銀色の棚《たな》に並び、スポットライトで照らされている。ほとんどがデニムだ。ジーンズやシャツ、短いスカートやジャケット。ダークブルーのニットもあって、ターニャはそれに夢中になった。ターニャは一枚《まい》着てみて、くるっとまわり、やわら

かい素材をなでた。

「そっちを買ってあげる」わたしは言った。

ターニャは眉《まゆ》をしかめて、値札を見せた。

「うわあ！　そうよね。わたしには、とっても買えない」と、わたし。

「だれも買えないよ」

ターニャは、鏡に映《うつ》る自分を見ながら言った。

店の向こう側に店員がひとりいて、こちらを見ていた。ハンサムな金髪の若い男の子で、《インディゴ》の服を着ている。

ターニャは、ぐっと胸を張《は》った。

「やだ、見てよ。あいつ、あたしのこと見つめてるよ」

ターニャは、ちょっと作り笑いを浮かべた。

「セーターを試着しちゃいけなかったのかも」

「試着しなきゃ、どんな感じかわかんないじゃない」

ターニャは、しぶしぶ、セーターを脱《ぬ》ぎながら言った。

ターニャは、ゆっくりとセーターをたたんだ。それを見ながら、わたしは、胸がドキドキしはじめた。でも、ターニャは、ちゃんともとの棚《たな》に戻した。

わたしたちは壁《かべ》に沿《そ》ったケースの中のアクセサリー類を見に行った。大きな厚手の銀のブレスレットや、トルコ石をはめた指輪を、かがみこんで見つめた。ケースには鍵《かぎ》がかかっているので、はめてみるわけにはいかない。

「あいつを呼んで、開けてもらおうか?」ターニャが言った。

「だめよ!」

「まだ、あたしのこと見てる」

ターニャも、へんな表情で見つめ返す。

「男の子はきらいなんだと思ってたけど」

わたしは意地悪を言った。

「きらいだよ」と、ターニャ。

「でも、向こうがあたしに気があるっていうんなら、しょうがないじゃん」

ターニャが、カウボーイブーツの並んでいるほうへ行ったので、金髪の男の店員にかなり近づくことになった。店員は腕《うで》を組み、目にかかる金髪を払《はら》いのけようと、しょっちゅう頭を振っている。確かに、ターニャをずっと見つめている。青い目。あい色だ。この店と同じインディゴブルー。テレビドラマにでてくるような男の子だ。たいていの女の子が夢中になるタイプ。ひょっとしたら、ターニャも。

「ねえ、ターニャ。そろそろ帰らなきゃ。お母さんが迎えにくるもの」

わたしは、強い口調《くちょう》で言った。

「まだまだ時間はあるよ」ターニャは答えた。

「このカウボーイブーツをちょっとはいてみたいんだ。どれもすてきだよね?」

ターニャは体をかがめると、サンダルを片方ぬいだ。ターニャの足はあまりきれいではない。その足を、さっさと、飾り鋲《びょう》のついた白いブーツに突っこんだ。

「最高だ、ね?」

ターニャは、ほれぼれと足を前後にふった。顔をあげたターニャは、「ほら、ほら!」と言った。

金髪の男の店員がこっちへやってくる。ターニャは、わたしにウィンクしてから、近づいてくる男の子ににっこりしてみせた。

でも、店員は笑顔を返さなかった。

「もう片方も、持ってきてくれる?」

ターニャは片手を腰にあてて言った。

「だめだね。それに、そっちも脱《ぬ》いでもらいたいな。きみたちは、もう充分この店で好き勝手やっただろう。そろそろでていってくれないかな」

死にそうなほど恥《は》ずかしくて、顔が赤くなった。

ターニャも、まっ赤な顔で、ブーツをぬごうとしてバランスを崩《くず》し、ひっくり返りそうになった。

「おい、ふざけるのはやめろよ」店員が言った。

「裸足《はだし》でブーツをはいたりしないでもらいたいね。衛生的じゃないだろ」

ターニャの汚《きたな》い足がブーツから現れると、店員は、フンと鼻を鳴らした。ターニャは、なにも言わなかっ

た。店員のことは見向きもしなかった。わたしのほうも見なかった。サンダルをはく手が震《ふる》えている。ターニャはくるりと向こうをむくと、歩きはじめた。

わたしもあわててついていった。

ターニャの手が棚《たな》に伸《の》びた。なにか青いものが見えた。

そして、見えなくなって、ターニャのトレーナーのお腹《なか》のあたりが、急にふくらんだ。

わたしは、懸命に足を動かしつづけた。店の外へ。最上階の通路をエレベーターのほうへ。

でも、そのとき、だれかが叫《さけ》ぶ声がした。ターニャがふり向く。

あの店員が追いかけてきた。

「走るんだ！」ターニャがわめいた。

「走るんだよ！」

すみれ色の章

わたしたちは走った。必死に走った。エレベーターを待っているひまはない。通路をばたばた駆《か》けぬけ、ターニャはエスカレーターに飛びのった。わたしもあとから飛びのり、動く階段を駆けおりた。眉《まゆ》をひそめる女の人を突きとばし、どいてくれない人をジグザグによけ、ぶつかったり押しのけたりするうちに、わたしは手すりに衝突し、一瞬《いっしゅん》、そのまま乗りこえて落っこちるんじゃないかと、はっとした。ずっと下の、願いごとの泉へまっさかさまに。

わたしは悲鳴をあげた。ターニャが振り向いた。ターニャはもうエスカレーターをほとんどおりきっていた。そのまま走っていくこともできた。逃げられたかもしれない。でも、ターニャは立ち止まった。そして、わたしめがけて駆けあがりはじめた。

「もう、だいじょうぶ」

ターニャは、しっかりと、わたしの手首をにぎった。

すると、頭がはっきりし、照明の光もぐるぐるまわらなくなった。わたしはあたりを見まわした。エスカレーターのてっぺんに、青い制服を着た警備員がふたりいる。

「早く！　わたし、だいじょうぶだから」

わたしは叫《さけ》び、また駆けおりはじめた。ふたりで押しのけ、突きのけ、くぐりぬけて、下までおりた。警備員は、まだエスカレーターの途中《とちゅう》だ。

「さあ、走って！」ターニャが叫んだ。

わたしたちは、また走った。心臓はドキドキいうし、お腹《なか》も痛くなってきて、口の中は金属の味がしたけれど、わたしは走りつづけた。カタカタと、サンダルの音をたてて、ものすごい勢いで走るターニャと同じくらい速く走った。ショッピングセンターは混《こ》んでいたので、人を押しのけて進まなきゃならなかったけれど、その代わり、うまく人混《ひとご》みにまぎれることができた。出口の近くまでできた。プラスチックの花の横を、ウサギやリスを追いこして走った。追いついては、追いこしていく。

ターニャが急に立ち止まった。わたしの手をにぎった指が強張《こわば》る。なにかをじっと見つめている。わたしもそちらを見た。警備員がたくさんいる。散らばって、無線で連絡をとり合っている。わたしたちを待ちぶせしているのだ。

「急いで。どっかの店にはいるんだ」

ターニャが駆《か》けだした。

でも、ちょっと遅《おそ》かった。

ひとりの警備員がわたしたちを見つけ、すばやく近づいてくる。わたしたちは向きを変え、またショッピングセンターの中へ戻ろうとした。でも、間に合わなかった。わたしの肩に手が置かれ、そして両腕《りょううで》をつかまれた。

「さあ、捕《つか》まえたぞ、お嬢《じょう》さん」警備員は言った。

「逃げて、ターニャ！」わたしは叫《さけ》んだ。

でも、ターニャも捕まっていた。ふたりの警備員に両側をはさまれている。

ターニャもわたしも、捕まってしまった。

みんなが、じろじろ見ては指さしている。どろぼう、という声が聞こえた。わたしは頭を振ってもがき、目を精いっぱい大きく見開《みひら》こうとした。また悪い夢だったということになってくれないかと思ったのだ。これが現実なわけがない。

「もがくのはやめなさい。もう逃げられないよ。これ以上、状況を悪くしないことだね。さあ、最上階の店に戻ろうか」

「この子じゃないよ！　この子は違《ちが》う」ターニャが言った。

「この子は関係ないんだ。どっちにしろ、まだ子どもだしさ。放してやってよ。放せったら、このブタ！　あたしを捕まえたんだ、それで充分《じゅうぶん》だろ？」

でも、わたしたちは、ふたりとも、ガラス張《ば》りのエレベーターで、上へ連れていかれた。たった十五分まえにはあんなに、楽しく、飛んでいくような気持ちだったのが、信じられない。今のわたしは、まるで犯罪者みたいに、警備員に腕《うで》をつかまれている。そして、まわりの人たちも、犯罪者を見るような目で、わたしとターニャを見ている。

わたしたちが最上階の通路を歩いていくと、もっとたくさんの人が、こっちを見ては舌打ちし、このごろの子どもがろくなことをしないのは困ったことだ、母親が悪いんだ、なんて言っている……お母さんのことが頭に浮かんで、わたしは泣きだした。

「おいおい、泣くことはないよ。こわがらなくていいんだ。べつに、痛い目に合わせるつもりはないんだから」

警備員は、落ちつかない顔をした。

「この子を放してやってよ。まだ小さいんだから」ターニャが言った。

「じゃあ、なんで万引きに巻きこんだりしたんだ？」警備員はたずねた。

「あたしたちが万引きしたなんて、だれが言ってんのよ？　証明して見せてよ！　あたしたちは、ただ見てまわってただけだよ。見ちゃいけないって法律はないだろ？」

ターニャは、激しい口調《くちょう》でまくしたてた。

「それに、どっちにしても、あたしがさっ

きから言ってるように、この子はなにもしてないんだ。あたしの連《つ》れでもないんだよ。お母さんのとこへ帰してやりなよ」

「警察がきたら、お母さんのところへ帰してもらえるさ」警備員は答えた。

「あたしが、お母さんのところへ帰してもらえるって?」と、ターニャ。

「それは驚きだ」

わたしたちは、もう一度《インディゴ》へ連れていかれた。

腕《うで》を組んで立っていた青い目の店員がうなずいた。

「ああ、こいつらです。バカな子どもたちだ」店員は言った。

「バカな気どり屋は、あんただよ」ターニャはわめいた。

「あたしたちは、なんにもしていない。ただ、あんたの店の安っぽい商品を見たり、ブーツをはいてみたりしてただけだよ。なにもとったりしてないからね」

わたしたちが奥《おく》の倉庫室へ連れていかれたときも、ターニャはまだそう言い張《は》っていた。女の警備員がいっしょにきて、とったものがあったらよこしなさい、と言った。

「なんにもとってないってば」ターニャはくり返した。

わたしはただ泣いていた。ターニャは、わたしの体に腕をまわした。すると、ターニャも震《ふる》えているのがわかり、わたしはいっそう激しく泣いてしまった。

「ねえ、あなたたち。わたしに身体検査なんか、させないでよね」警備員の女の人が言った。

「あたしたちに指一本でもさわらせるもんか！　あんたにそんな権利ないよ。それに、何回も、何回も言ってるだろ、なにもとってないって。あの店員、あのうぬぼれ屋が、あたしたちをひどい目にあわせたがってるだけなんだ」

ターニャは言い張った。

「店員は、あなたが青い手編みのセーターをとったって言ってるんだけど」と、警備員。

「じゃ、うそついてるんだ」ターニャは答えた。

でも、警備員は手を伸《の》ばすと、ターニャのお腹《なか》のふくらみをたたいた。ふくらみはずり落ちた。警備員はターニャのトレーナーの裾《すそ》から手を入れ、引っぱった。青い手編みのセーターが、床《ゆか》に落ちた。

「うそつきはだれかしらね？」

「あんたが入れたんだ」ターニャは言い返した。

「この人、入れたよね？　マンディー、あたしを落とし入れようとして服の下に突っこんだ、そうだよね？」

ドアのところにいた男の警備員たちが笑いだした。

「なかなか手強《てごわ》いのを捕《つか》まえちまったみたいだな」

ひとりが言った。

「警察がきたら、きっと、ぞろぞろ前科がでてくるぞ、この子」

「警察！」わたしはしゃくりあげた。

警察が到着したときは、ほんとうにこわかった。紺《こん》色《いろ》の制服と制帽をかぶった、男と女のふたりの警官だった。

「おいおい！　ぼくはそんなにおそろしく見えるかなあ？」

男の警官は笑いながら、ターニャからわたしへと目を向けた。

「小さな『テルマ&ルイーズ』(注)ってとこだね?」

「ははは。おもしろい人だね」と、ターニャ。

「きみは手を焼かせそうだなあ」警官は言った。

そして、わたしに近づいてきた。わたしはすすり泣きながら身をすくめた。

「で、このこわがり屋のおちびちゃんはだれなのかな?」

「わたしがやるわ。あなたはすっかりおびえさせているじゃない」

婦人警官はそう言うと、わたしの体に腕《うで》をまわした。

「さあ、泣かないで。名前はなんていうの?」

「マンディー」わたしはめそめそ泣いた。

「それで、いくつなの、マンディー?」

「十才」

「この子はなにも関係ないんだよ。いつもあたしにくっついてくる、ただの小さな子どもだよ」

ターニャはきつい調子で言った。

「放してやんなよ」

(注)『テルマ&ルイーズ』…女性ふたりが強盗をはたらきながら逃げる映画。

婦人警官はやさしくわたしをなでた。

「そう、もちろん、あなたのような小さな子を捕《つか》まえたりしないわ」

ターニャは体を小さく丸めた。

「あたしたちふたりとも、釈放《しゃくほう》してもらえないかしら、だめ？」

ターニャは、べそをかいてみせた。

「子どものくせに、たいした役者だわ」

女の警備員が言った。でも、婦人警官はわたしたちの味方みたいだった。

「ふたりとも、まだ子どもで、とられた品物も戻りました。それでもこのまま告訴《こくそ》することをお望みですか？」婦人警官は、青い目の店員に言った。

ターニャとわたしは、祈る思いで店員を見つめた。

「《インディゴ》の方針はきびしいんです。万引きは必ず告訴です」店員は腕《うで》を組んで言った。

「たいていが、このふたりみたいな子どもなんですよ。こういうやつらには、手を焼いているんです。いい悪いを教えておく必要がありますからね」

「だったら、いっしょに署まできていただいて、いろいろお聞きすることになります」

と、男の警官が言った。

「で、年上のほうの女の子がセーターをとるのを見た、というのですね？」

「手編みの商品です。九十五ポンドもするんです」店員は腹だたしそうに答えた。

「好みがぜいたくだなあ、おじょうさん」

警官はターニャに言った。そして、女の警備員のほうを振り向いた。

「で、この子を捕《つか》まえたときに、この子はそのセーターを身につけていたのですね？」

「着ているトレーナーの下につめこんでいたんです。青い袖《そで》がちょっとたれさがっているのが見えたので、引っぱったんです」

「この人、わたしの体をさぐるのは、お巡《まわ》りさんたちがきてからにしたほうがよかったんじゃないの？」ターニャが口をだした。

「今となっては、なんの証拠もないじゃない、でしょ?」

「ちゃんと証拠はあるさ」青い目の店員が言った。

「店にはビデオカメラが設置されてるんだ。あんたがセーターを盗《ぬす》むすてきな映像が残ってるよ」

ターニャは、店員がはったりで言っているのではないと見てとった。

それでも、わたしのために抗議をつづけた。

「じゃあ、その貴重な映像を見れば、ここにいるこの子がなにもしてないってわかるはずだよ」

ターニャは、わたしを指さして言った。

「この子も、あんたといっしょに悪ふざけをしてたからな。それに、あんたが逃げると、いっしょに逃げたじゃないか」店員は答えた。

「それはべつに犯罪じゃないでしょ? この子は盗んじゃいないよ」

「でも、どうやらきみは盗みをはたらいたと考えてよさそうだな」

警官が言った。

「したがって、きみを逮捕《たいほ》する」

警官は、ターニャにおきまりの警告を与えた、テレビの警察ドラマでおなじみのセリフだ

――それでもまだ、これが現実だとは信じられなかった。

「わたしたち、ほんとうに逮捕されるのね！」わたしはささやいた。

「あなたを逮捕するつもりはないわ」婦人警官が言った。

「お友だちといっしょに、署まできて、おこったことをきちんと話してちょうだい。

それから、お母さんに迎えにきてもらってあげますからね。いいわね？」

「でも、ターニャは逮捕《たいほ》されるんでしょう？」

「そうなるわねぇ」と、婦人警官は答えた。

わたしたちはまた、ショッピングセンターの出口まで歩かされた。婦人警官がわたし、男の警官がターニャを捕《つか》まえている。ターニャは一度か二度、身をよじって手をもぎ離《はな》そうとしたけれど、警官はターニャの両肩をがっしり押さえ、せせら笑った。

ショッピングセンターの裏には、白いパトカーが止まっていた。ターニャとわたしが、婦人警官をあいだにはさんで、後部座席に乗せられるのを、大勢の人がじろじろ見ていた。

わたしはまだ泣いていた。

「マンディーと並んで座らせてよ」ターニャが頼《たの》んだ。

「悪いけど、だめ」と、婦人警官。

「でも、この子、わたしに横についててもらいたがってる」

「わかってるわ。でも、あなたが、この子になにかわたしたりするかもしれないでしょう？」

「ほら」

ターニャは、空っぽの手を婦人警官の顔の前で振ってみせた。

「ね？ なにも持ってないでしょ。だから、手ぐらいにぎってやってもいいでしょ？」

「そうねぇ、いいわ」

それで、警察署に着くまで、ターニャは婦人警官のひざごしに、しっかり、わたしの手をにぎっていてくれた。ターニャの、噛《か》んで爪《つめ》が短くなった小さな指で、強くにぎってもらうと、わたしはちょっとばかり、気持ちがしゃんとするような気がした。

「わたしを置いて、逃げることもできたのに」わたしは話しかけた。

「でも、ターニャは逃げなかった。わたしが、ひとりぼっちでこわがるといけないって思ったのね」

「うん。ばかだろ、あたしって」ターニャは、にやっと笑ってみせた。

わたしは、ターニャが、後部座席のドアロックを見つめているのに気がついた。

婦人警官も気がついた。

「中からは、開かないようになってるの。だから、飛びおりようなんて考えないでね」

「またまた、先手《せんて》を打たれたかあ」ターニャは舌打ちした。

ターニャは、わざとふざけた態度をとっている。ぜんぜん、たいしたことじゃないみたいに。

わたしには、なぜだかわかっていた。わたしの不安を軽くしようとしているのだ。わたしは

ただ、感謝の気持ちをこめて、ターニャの手をにぎりしめることしかできなかった。

でも、警察署に着くと、ターニャでさえ、にやにやしたりふざけたりする余裕《よゆう》はなくなった。

わたしたちは構内《こうない》を横切り、防護扉《ぼうごとびら》を通って、暗い廊下《ろうか》の向こうの、机と長いすがひとつずつ

置かれた大きな部屋に連れていかれた。

「拘置室《こうちしつ》だ」部屋を見まわしたターニャが言った。

「どうやら、まえにも一、二度きたことがあるみたいね」婦人警官が言った。

ターニャは、げっそりした顔でちょっとほほえんでみせ、ベンチにどすんと腰をおろした。

わたしもとなりに座って、体を寄せた。

「もっと離《はな》れて座りなさい、きみたち」新しい警官が言った。

「わたしはストックトン巡査部長《じゅんさぶちょう》だ。ふたりとも、名前と住所を教えてほしいんだがね。そうしたら、ご両親に電話で連絡してあげよう」

「あんたのお母さん、なんて言うだろうね、マンディー。あたし、殺されちゃうよ」

ターニャが言った。

「きみ自身のお母さんはどうなんだね?」

ストックトン巡査部長《じゅんさぶちょう》が、きびしい顔つきでたずねた。

「いないんだ」ターニャは答えた。

「もう、お父さんもいない。父親としてふさわしくないんだってさ、わかる? でさ、あんたが知りたいのは、あたしの保護者だろ?」

巡査部長はうなずいた。

「そのとおり。どうやら、わたしよりきみのほうが、この書類に手ぎわよく記入できそうだなあ。それで、保護者はだれになるんだね？」

「うん、パットに電話してくれたらいいよ。あたしの里親《さとおや》。きっとやきもきしてるだろうしね、あたしたちがどうして帰ってこないんだろうって。ねえ、ストックトン巡査部長。はっきりさせときたいことがあるんだ」

ターニャはベンチから立ちあがり、巡査部長の机のそばまで行った。

「これから言うことは、うそでもなんでもないんだけど」

「それは、それは。聞かせてもらおうじゃないか」と、巡査部長。

「いや、ふざけてるんじゃない。まじめに言ってるんだ。あの小さな子は――」

「きみとはなんの関係もないって、いうんだろう？」

「そりゃ、関係はあるよ、もちろん。でも、ただ、道の向かいに住んでるってだけなんだ。あの子のお母さんが、午前中、仕事に行ってるあいだ、あたしの里親が面倒《めんどう》みてるんだ。あたしにくっついてくるんだよ。だから、いっしょに歩きまわることになる。でも、誓《ちか》って言うけど、あの子はなにもとったりしない。お利口《りこう》さんの優等生で、ちゃんとした家庭の子で、これまでなんの問題もおこしたことはないんだ。あたしのせいでここへ連れてこられただけ。だから、帰してやってよ、ね？　この子にはお説教の必要もないでしょ？」

　巡査部長は、ターニャに笑顔を向けた。

「だいじょうぶだよ。あの子は保護するために連れてこられただけだ。母親がきたらすぐ、家に帰れるよ」

「ターニャはどうなるんですか？」わたしはたずねた。

「ターニャも家に帰れるの？」

「最終的にはね」巡査部長《じゅんさぶちょう》は答えた。

「それ、どういうことよ？」

　ターニャは聞いたけれど、どういうことかはわかっているみたいだった。

　ターニャはベンチに戻ってくると、ぐったり座りこんだ。泣くのをがまんするように目を閉じている。これは演技ではなかった。

　わたしは体を寄せ、腕《うで》をターニャの体にまわした。巡査部長はちょっと眉《まゆ》をしかめたけれど、今度は好きにさせてくれた。巡査部長が勾留《こうりゅう》の書類にいろいろ書きこむあいだ、わたしは、ずっ

とターニャを抱きしめていた。最初は、ターニャは、とんでもない作り話ばかりで答えていたけれど、ウィリアムズさんがすぐにくるのはわかっていたから、考えを変えてほんとうのことを話しはじめた。

「さあこれで、あたしの名前と生年月日がわかったんだから、あとはパソコンに打ちこんで、あたしの膨大《ぼうだい》な前科を調べればいいってわけね」ターニャは言った。

「テクノロジーとは便利なもんだ」巡査部長は答えた。

「あたしは、少年裁判所へ送られるんだ」と、ターニャ。

「それって、刑務所みたいなとこ?」わた

しは、こわごわ、小声できいた。

「閉じこめられたりしないわよね？　ああ、ターニャがどこかへ連れていかれるなんて、ぜったい、いや。ターニャと会えないなんてたまらない」

「まともに考えてごらんよ、マンディー」

わたしの腕《うで》の下で、ターニャの肩がこわばった。

「こうなったら、あんたのお母さんは、あんたをあたしのそばへは近寄らせないよ、なにがあろうとね」

駆《か》けつけたお母さんは、まっ青な顔で震《ふる》えていた。ウィリアムズさんもいっしょだった。

小さな三人の男の子を連れていて、みんなぐずっている。ターニャは深いため息をついた。

そしてウィリアムズさんの顔を見た。お母さんの顔も見た。

「ごめん」ターニャは言った。

でも、これはちょっとまずかった。わたしには、ターニャが心から言っているのがわかった。でも、なんだか生意気《なまいき》で反抗的に聞こえてしまったのだ。

「あやまっても、もう遅《おそ》いわ」ウィリアムズさんが言った。

お母さんはなにも言わなかった。

でも、ターニャを見る目つきといったら……ターニャは正しかった。

それで、わたしはまた泣きだした。たまらなかった。

お母さんとわたしは別の部屋に連れていかれ、警部が現れた。

「きみはほんとうにおばかさんだったねぇ、マンディー」

警部はもったいぶった顔で言った。

「今度のことでよくわかったと思うがね。万引きするような子といっしょに出歩くんじゃないよ。ああいう子はトラブルをおこす、おまけに、きみまでトラブルに巻きこむんだ」

それから、警部はお母さんに向かって話しはじめた——お母さんまで、おばかさん扱《あつか》いだった。

「正直いって、マンディーみたいな小さな女の子を、ターニャのような手に負えない年上の子とつき合わせるのは、分別《ふんべつ》が足りないんじゃないですかね。これからはマンディーにちゃんと気を配《くば》って、友だちも、もっと気をつけて選んだほうがいいと思いますよ」

お母さんは、つらそうな顔でつばを飲みこんだ。ぽっと赤くなっている。

家へ帰る道みち、涙まで流した。

「こんなことになるなんて、信じられないわ」

お母さんは、何度もそう言った。わたしを見ては頭を振り、また、わっと泣きだす。

家に着くと、お母さんはお父さんに電話し、お父さんはすぐに会社から帰ってきた。それからずっと、ふたりにいろいろ言われた。同じことを、何度も何度もくり返し。お母さんとお父さんが、どれほど悲しく、どれほど情けないか。どれほど恥《は》ずかしい思いをしているか。わたしが、両親をだまして、ターニャと街へ行っていたなんて、とても信じられない。ターニャの万引きのことを黙《だま》っていたなんて、ひどいじゃないか。

そのうち、両親は、わたしにだけではなく、お互《たが》いに腹をたてはじめた。

「何度も何度も言ったじゃない、マンディーをターニャとつき合わせたくないって。でも、あなたは聞こうとしなかった。なんでも、自分が一番よくわかってると思って。だけど、ほら、どうなったか見てごらんなさいよ！」と、お母さん。

「はい、はい。言われなくてもわかってるよ。まさか、こんなことになるとは、夢にも思わなかったんだ。マンディーは、正しいと思ったことは、ちゃんと言える子だと思ってたんだけどなあ。きみが、こんなに赤ちゃん扱《あつか》いしなければ、この子も、もっと自分を主張することがで

きるんじゃないか」お父さんは言った。

わたしが、いっそう激しく泣くと、ふたりは怒鳴《どな》るのをやめ、お母さんは、わたしの顔をふき、お父さんは、水を一杯持ってきてくれて、それから、ふたりして、わたしを抱きしめた。

「気が動転して、がっくりきているのは確かだけど――でもね、あなたが悪いわけじゃないってことは、ちゃんとわかってるのよ。だから、泣かないで」

お母さんは言った。

「さあ、かわいいお下げちゃん、泣くのはやめなさい。もう済んだことだ」お父さんも言った。

「でも、ターニャは？」わたしはしゃくりあげた。

「ターニャのことなんか、ほっときなさい！」と、お母さん。

「すぐにまた、別の友だちができるさ、マンディー」と、お父さん。

「でも、ターニャは、わたしのいちばんの親友なのよ！　これからも、ターニャと会わせてくれるでしょ？　ターニャは、もう二度と万引きはしないから。しないって約束してたのよ。それなのに、あの《インディゴ》の店員がひどい態度をとるからよ。でも、もう二度と、あんなことにはならないわ。ターニャも、わたしをトラブルに巻きこむのはいやなの。わたしを逃がそうと、ずいぶん、がんばってくれたのよ。わたしを置いて逃げることもできたのに、そうしないで、ちゃんと、わたしについていてくれたの。ねえ、お願い、わかってよ。ターニャに会えないなんて、たまらない」

わたしは、窓のところに行っては、ターニャが帰ってくるのを待った。

夕方遅《おそ》く、ウィリアムズさんの家の外に車が止まった。若い女の人が運転して、ウィリアムズさんと三人の男の子たち――そして、ターニャがいた。

わたしは、ほっとして力がぬけた。少なくとも、ターニャは、どこかに閉じこめられたりはしなかったのだ。でも、車からおりてきたターニャは、ひどい顔をしていた。いつもの、弾《はず》むような足どりではない。髪が、かきむしったようにつっ立っている。

「ターニャがどうなるのか、確かめてこなくちゃ」わたしは言った。

でも、ふたりとも、行かせてはくれなかった。代わりに、お母さんがウィリアムズさんのところへでかけた。お母さんは、わたしをターニャと街へ行かせたというので、ウィリアムズさんにひどく腹をたてていた。わたしは、お母さんが帰ってくるのを、じりじりと待った。お母さんはなかなか帰ってこなかった。そして、帰ってきたときには、妙《みょう》な顔をしていた。ショックを受けたようだった。

「どうなの、お母さん？　ターニャはどうなるの？　裁判《さいばん》を受けなきゃならないの？」

お母さんはうなずいた。

「あなたには関係なくて、ほんとうによかったわ、マンディー」

「注意を受ける程度《ていど》で済む、と思っていたけどなあ」お父さんが言った。

「どうやら、もう、何度も注意を受けているようですよ。今までの記録や、育った環境なんかを、全部検討《けんとう》することになるらしいわ。何週間もかかりそうね」お母さんは言った。

「じゃあ、その何週間かは、ここにいるのね？」わたしはきいた。

お母さんは、わたしを抱きよせた。

「いいえ、違《ちが》うの。ターニャはここでは暮《く》らさないのよ。施設にはいるの。パット・ウィリアムズは、面倒《めんどう》みきれないって。わたしも、そう思うわ。パットは頼《たの》まれてターニャを里子《さとご》にしたけれど、なにかトラブルがおこったら、やめさせてもらうと、はっきり言っていたのよ。だって、ほら、あの小さな男の子たちのことだって、考えなきゃならないでしょ」

「それで、さっさと、ターニャから手を引いてしまうってわけかい？」

お父さんはショックを受けたようだった。

「ほかに、どうしようがあるっていうの？」と、お母さん。

「もし、わたしがあのセーターを盗《ぬす》んだとしたら、わたしのこと、放りだしちゃう？」

わたしはたずねた。

「ばかなこときかないでよ、マンディー」

「でも、そうする？」

「もちろん、しないわ。そんなことするわけないって、わかってるでしょ。お父さんもお母さんも、あなたをだいじに思っているし、あなたがなにをしようと、それは変わらないわ」

お母さんは答えた。

「でも、かわいそうなターニャをだいじに思う人はだれもいないんだ」と、お父さん。

「わたしは、だいじに思ってる！」わたしは叫《さけ》んだ。

「ターニャは、いつ、でていくの？」

「それがねぇ、たった今なの。いくら、なんでも、ちょっとねぇ……でも、こういうことは、引き延《の》ばしても仕方がないのかもしれないし。ターニャの担当のソーシャルワーカーがきているの。荷物をつめるのを手伝ってるわ」

「今すぐ、行っちゃうの？　じゃあ、ターニャにお別れを言いに行かなきゃ」

「だめよ。あの子に近づいちゃいけません」お母さんは言った。

「やめといたほうがいいんじゃないか、マンディー」お父さんも言った。

「ただ、さよならを言うだけよ。わたし、行くから。止めてもむだよ」

居間のテーブルの上には、わたしのものが、いろいろ置いてあった。パズル、本、そして、大きなケースにはいったフェルトペンのセット。わたしはじっとにらんでから、色とりどりのフェルトペンセットをつかんだ。わたしは、お母さんとお父さんが事態《じたい》を飲みこむまえに、居間を飛びだして、玄関《げんかん》から外へ駆《か》けだした。

ウィリアムズさんの家のドアを、ドンドンたたいていると、お父さんが追いかけてきた。

「さあ、マンディー、家に帰るんだ」

ウィリアムズさんがドアを開け、わたしたちを見つめた。

「ターニャは、ほんとうに行っちゃうの？」わたしはたずねた。

ウィリアムズさんは、どぎまぎしたようすで、うなずいた。

「それが、いちばんいいのよ」ウィリアムズさんは、落ちつかない表情でそう言った。

「お別れを言っていい？」わたしは聞いた。

ウィリアムズさんは、お父さんのほうを見た。

「ああ、いいよ。急いで行っておいで。お父さんはここで待っているから」と、お父さんは言った。
わたしは階段を駆《か》けあがり、ターニャの部屋に行った。ソーシャルワーカーの女の人がいて、大きなビニール袋に、ターニャの持ち

ものをつめこんでいる。ターニャは手伝おうともせず、ベッドに腰かけていた。

「ハイ、マンディー」ターニャは、ぼそっと言った。

「ターニャ！」

わたしはターニャに向かって突進した。

「行っちゃうの？」

ターニャのこぶしは、固く強張《こわば》っていた。ターニャの顔も強張っていた。

「うん、パットに追いだされるんだよ」ターニャは答えた。

「あら、ターニャ。ここにいるのは一時的だって、わかってたでしょ」

ソーシャルワーカーが言った。

「なんとかして、新しい落ちつき先を探してあげるから。それに、今度のホームだって、そんなに悪いところじゃないわよ」

「どうせ、掃《は》きだめだよ」ターニャは言った。

「どこも、みんなそうだ。結局、ゴミ捨て場なんだよ。だれにも必要じゃない子どもを、捨てるためのね」

「わたしには、ターニャが必要よ！」わたしは言った。

ターニャは、わたしに悲しそうな笑顔を向けた。

「ねえ、友だちに、さよなら言いたいんだ」

ターニャは、ソーシャルワーカーに言った。

「二分間だけ、ふたりっきりにしてもらえないかな？」

ソーシャルワーカーは体をおこすと、ため息をついた。

「いいわ。一分だけ。わたしも、ウィリアムズさんと話さなきゃならないことがあるし」

ソーシャルワーカーは部屋をでていった。

ターニャとわたしは、ベッドに並んで座った。

なんと言ったらいいいか、必死で考えたけれど、どんな言葉も思い浮かばない。

「ターニャ！」

わたしは、ターニャがひっくり返りそうになるほどの勢いで、抱きついた。フェルトペンの箱がベッドからすべり落ち、カーペットの上に、いろんな色が虹のように散らばった。

「ほら、気をつけなよ！見なよ、こんなにしちゃって」

ターニャは、わたしを、よしよしとなでると、体を引き離《はな》した。

「全部拾わなきゃ。どれか、なくしたら困るだろ？　でも、なんで、こんなもの持ってきたのさ？　ふたりで色を塗《ぬ》ってるひまなんか、あるわけないのに」

わたしもひざをついて、ベッドの下に転がったフェルトペンを手探《てさぐ》りした。

「ターニャに持ってきたの。お別れのプレゼントに」

わたしは言った。

「なんだって？　これ全部？」

「だって、一本や二本じゃ、しょうがないでしょ」

わたしは、ターニャをちょっとつついた。

「もち、ぜんぶよ」

「ほんとに？　あたしに、こんなフェルトペンセッ

トくれるなんて、だめだよ。あんたのお母さんに、なんか言われるよ」

「お母さんは関係ない。わたしのなんだから、わたしが決めるの。わたしはターニャにあげたいの」

「ああ、マンディー。今まで、だれからも、こんなすてきなプレゼントもらったことないよ」

ターニャはそう言って、目をこすった。ターニャの目ははれぼったくて、目の下には紫色《むらさきいろ》のくまができている。お化粧《けしょう》のせいか、それとも悲しいせいか、わたしにはわからなかった。

でも、ターニャはなんとか笑顔を作った。

「よく探して。まだ、緑と青が見つかってないよ。ちゃんと、そろったセットがほしいからね。どうも、ありがと!」

わたしたちは緑と青を見つけ、きちんと箱に戻した。

ターニャは、全色ならんだフェルトペンをなでた。ペンはふしぎな音を奏《かな》でた。

「もらっちゃった」

ターニャはそう言うと、部屋を見まわした。そして、半分ほどはいったビニール袋を、かきまわした。

「あたしも、なにかプレゼントをあげなくちゃ、ね？」

「いいのよ。ほんとに。それに、もう、いろいろもらってるじゃない。ベルベットのシュシュとか――」

「なにか特別なものをあげたいんだ。だって、あのフェルトペンセットは、あんたのいちばんだいじなものだったんだろうからね」

ターニャは、ビニール袋をひっくり返して、中身をカーペットの上にあけた。そして、かきまわすと、得意そうになにかつかんだ。あのすみれ色の、スパンコールのついた、きらきら光るタンクトップだった。

「ほら！ これ、あげるよ、マンディー」

「それはもらえない。ターニャのいちばんのお気に入りじゃない」

「だから、あんたにあげたいんだ。いちばんだいじなものを、いちばんだいじな友だちに」

ターニャは言った。

わたしたちは、最後に、もう一度抱き合った。

そして、さようならを言わなければならなかった。

虹色の章

ターニャがいなくなったなんて、信じられない。

これは、ターニャに話さなきゃ、と思う――そうしては、思いだす。

表の通りで、足音がするたびに、窓に飛びつく。

ターニャのはずはないと、わかっていても。

なんにもする気にならない。ミランダ・レインボウにもなれない。

マンディー・ホワイトでいるしかない。それがたまらなかった。

お母さんとお父さんは、なんとか、わたしの気をまぎらわせようとした。

お母さんは、なにも言わずに、大きな箱入りの新しいフェルトペンセットを買ってくれた。

「まえのセットをターニャにあげたのは、いい思いつきだったわね」

お母さんは言った。

「お母さんは、わたしがターニャにさよならを言いに行くのさえ、いやがったじゃない」

「あなたを警察に引き取りに行ったショックが、まだ残っていたのよ」

「だけど、お母さんは、ターニャのこと、ずっと、きらってたじゃない。いつだって、わたしがターニャとつき合うのをいやがってた」わたしはきつい口調《くちょう》で言った。

「マンディー、ちょっと、お母さんにきびしすぎるんじゃないか」お父さんが口をはさんだ。

「ターニャとつき合っちゃいけない、と言ったのは、あの万引き騒《さわ》ぎがあってからだよ。それに、わたしたちがあの子をきらってたなんて、とんでもない。あの子は、いろんな点で、すばらしい子だった。生き生きしてたし、根は気だてがよかったし――」

「今でも、そうよ。死んだ人みたいな言い方、しないでよ。ターニャは、今でも、わたしの一番の親友なんだからね。たとえ、いなくなったって。なのに、お母さんは、わたしたちが友だちになるのがいやだったのよね、そうでしょ？」

「そうね、確かに、あなたがあの子と友だちになるのはどうかしら、と思ったわ。だからって、そんな顔してお母さんをにらまなくてもいいでしょう、マンディー。それに、結局、お母さんが正しかったじゃないの。ターニャ本人が、どうこうというんじゃないのよ。ただね、あの子はあなたとは年令が違《ちが》いすぎたし、ちゃんとした家庭で育った子じゃなかったし」

「メラニーはちょうどいい年令で、ちゃんとした家の子だから、わたしにはちょうどいい友だ

ちだって、お母さんは思ったんでしょ。そしたら、あの子は、わたしにひどいことばかりしたじゃない！　キムやサラといっしょに、わたしをいじめたわ。あの子たち、ほんとうにひどかったのよ。ターニャは、いつだって、わたしにやさしかった！」

ふつうに話したのではない。怒鳴《どな》ったのだ。きっと、両親は腹をたてるだろうと思った。ところが、ふたりは困りはてたようすで、おたがいに顔を見合わせただけだった。

「おまえの言うことは一理《いちり》あるよ、マンディー」お父さんは、ため息をついた。

「そう単純に言えることじゃないわ。でも、もう少し、ターニャをあたたかい目で見てあげればよかった、とは思ってるの」と、お母さん。

「今になって言うのは簡単よね。ターニャは、もう連れていかれちゃったんだから」

わたしは、バタバタと自分の部屋にはいると、ドアをピシャンと閉めた。しばらくのあいだ、ベッドに寝転んで、オランウータンのオリヴィアを抱きしめ、オレンジ色の毛皮をターニャの髪だと思おうとした。それから、起きあがって、ターニャのスパンコールのついたすみれ色のタンクトップを、オリヴィアに着せてみた。足もとまで、すっぽり隠《かく》れて、すばらしいイヴニングドレスになった。

自分でも着てみた。眼鏡《めがね》をはずして、近眼《きんがん》の目で鏡をのぞく。目に映《うつ》るのは、紫《むらさき》のスパンコールの渦《うず》だけ。すばらしく魅力的《みりょくてき》な姿の自分、ほんもののミランダ・レインボウを想像してみた。

でも、もとどおり眼鏡《めがね》をかけると、すべてが、くっきり見えた。わたしは、またマンディー・ホワイトで、で

なくていいところがでて、へこんでほしくないところがへこんでる。すみれ色のタンクトップは、ぺちゃんこの胸でだらんとたるみ、子どもっぽくふくれたお腹《なか》のところは、ぴちぴちだった。

「マンディー？」

ドアをノックする音がきこえ、お母さんの声がした。

わたしは、急いで、タンクトップを脱《ぬ》ごうとした。お母さんに笑われるのは、ぜったい、いやだ。でも、頭に引っかかってしまった。引っぱると、眼鏡が飛んでいった。

ガシャンと音をたてて、タンスにぶつかり、眼鏡は、またふたつに折れてしまった。

「わあ、どうしよう！」

「どうしたの、マンディー？」

お母さんがはいってきた。

「眼鏡が！ また壊《こわ》れちゃった」

「このまえみたいに、お父さんに瞬間接着剤で修理してもらえるかどうか、見てみましょう。でも、この夏のあいだに、新しい眼鏡を買わなくちゃいけないわね」

「大人っぽい、ファッショナブルなやつ？」

「そうね。それほど値段が高くなければ」

「それなら、こんな子どもっぽいお下げ髪じゃ、眼鏡とちぐはぐだから、髪も切っていい？」

「うーん。それはどうかしらねぇ。もし、どうしても、気になるっていうんなら、そうしたほうがいいのかもしれないけど。結局は、あなたの髪なんだから」

　お母さんは言葉を切った。

「でもね、マンディー。ひとつだけ言っておきたいんだけど。その紫《むらさき》のスパンコールのついたタンクトップだけは、着てほしくないの。とくに外では」

「どっちみち、わたしには合わないもん。でもね、ターニャが着ると、すてきだった」

「そうね」と、お母さん。

「ターニャがいなくて、さみしい。手紙をくれるって言ってたけど、ターニャは書くのがにがてなの。だから、手紙がくるとは思えないんだ」

「ターニャがいなくてさみしいのはわかるわ。むりないと思うわよ。でもね、きっと、すぐに別の友だちができるわ。ねえ、事故のあとで電話をくれた、あの感じのいい男の子に連絡をとってみたら？　ほら、アーサーよ」

「だめよ！　そんなことできない。おかしいわよ」

「よかったら、あの子のお母さんに話してみるけど」

「やめて、お母さん！　わたしはいや。なにもしたくないの」わたしは、きっぱり言った。

お父さんは、仕事の合間をみては、映画や公園に誘《さそ》ってくれた。一日かけて、ロンドンの博物館巡《めぐ》りにも連れていってくれた。わたしは楽しそうな顔をしてみせた――なにもしないで、家で寝てたってよかったのだけれど。

お母さんは、新聞で、夏休み子ども教室を探してきた。

すすめられて、とうとう図書館の創作教室に申しこむことになった。

土曜日に、お母さんと買い物に行き、新しい眼鏡《めがね》を買ってもらうことになった。

いろんな眼鏡をかけてみた。小さなフクロウの目みたいなの。うんと大きな大胆《だいたん》なもの。ぴかぴか光るパーティー用。

ターニャがここにいて、どれがいちばんわたしに似合うか、言ってくれたらなあと思った。

お母さんが気に入ったのは、明るいピンクで、両はしに小さな白いウサギがついている眼鏡だった。でもわたしは、この先、二度と、ウサギがついているものなんか身につけるつもりはなかった。ピンクなんて、なおさら。

「ピンクは、あなたにとってもよく似合うのに、マンディー」お母さんは言った。

「ピンクはだめ、お母さん。ほかの色がいい。赤とかオレンジとか紫《むらさき》とか」

わたしは虹の七色の眼鏡を次々かけてみた。そのとき、完璧《かんぺき》なのを見つけた。小さすぎもせず、大きすぎもしない。フレームは縞模様《しまもよう》。虹色の縞。赤、オレンジ、黄色、緑、青、あい色、すみれ色。

「お母さん！　これがいい。この虹色の眼鏡にしていい？」

値段もそんなに高くなかったので、お母さんはいいと言ってくれた。

眼鏡にレンズを入れてもらうあいだ、アイスクリームを食べに行った。わたしは、虹のように、いろんな色のつぶを散らしたストロベリー・スペシャルにした。お母さんも食べた。また、ダイエットしているはずだったのに。

「ターニャがいっしょだったらよかったのにね」お母さんは言った。

わたしたちは、黙《だま》ったまま、ストロベリー・スペシャルを食べた。

次の月曜日、お母さんは、思い切って、仕事には遅刻《ちこく》することにして、わたしを、図書館の創作教室まで送ってくれた。お母さんはいっしょに中まではいりたがったけれど、わたしはついてこさせなかった。ほかの子に、赤ちゃんみたいだと思われるのがいやだったから。

でも、心配する必要はなかった。わたしの学年の子は、ひとりしかいなかった。アーサーだ！アーサーは、ふたりの男の子といっしょに、部屋のうしろのテーブルに座っていた。そのテーブルには、よぶんの椅子《いす》はなかった。それに、アーサーに、いやに積極的だと思われたくはない。わたしがきたのを見ても、アーサーはべつにうれしそうな顔はしなかった。そわそわと、うなずいて、ちょっと赤くなっただけ。

ほかの男の子たちの前で、アーサーを、それ以上に困らせたくはなかった。

たぶん、友だちなんだろうから。

だれと座ったらいいか、わからなかった。

クレヨンで、ふぞろいな字を書いている小さな子どもたちに混《ま》じるのは、ごめんだ。

別のテーブルに、七才くらいの女の子がふたりいた。

「サラとジュリーのところに座って、ウッドランドのウサギさんのお話を、いっしょに作ったらどうかしら?」

図書館の女の人が言った。

「いいえ、やめときます。ウサギの話は、あんまり書きたくないんです。わたし、自分の物語を作ります」

わたしはひとりで小さなテーブルに座った。女の人は、紙と鉛筆《えんぴつ》とクレヨンをくれた。でも、わたしは、図画帳と新しいフェルトペンセットを持ってきていた。アーサーがこちらを見ているので、あわてて書きはじめた。目を合わせたがっていると思われたくなかった。

わたしは、まえに、ターニャと作ったすてきな物語を書いた。ラブ・ターニャニータとミランダ・レインボウが、いっしょにマンションで暮《く》らす話。思い出しているうちに、なんだか、さみしく、悲しくなってきた。お話を作っていくターニャの声が耳にひびいた。

「どうかしたの、マンディー?」

女の人が、かがみこんでたずねた。

「いえ、だいじょうぶです」

わたしってばかみたいと思いながら、そう答え、ページの上に腕《うで》を置いた。

わたしたちだけのお話を、読まれたくはなかった。

女の人は、うしろの男の子たちのテーブルのほうに行った。アーサー以外のふたりの男の子たちは、テレビゲームをもとにした話を書きなぐっていた。ふたりはたいくつして、消しゴムを飛ばし合っていた。シュバッ、バンバン、ドスーンと言いながら。

女の人はため息をつき、ふたりをよけてアーサーのところへ行った。

「アーサー、きょうはなにを書いているの？」

女の人は、期待にみちた笑顔になった。

どうやら、アーサーは創作教室の常連《じょうれん》らしい。

シュバッ、バンバン、ドスーンの男の子たちは、目をくるっとまわして、げぇーっと言った。

「なんでもないんです。ただ、その……ほんとになんでもないです」

アーサーはもごもご言った。

「『戦おうとしなかった騎士《きし》』」

女の人は、大きな声で読みあげた。

「戦おうとしなかった騎士だって！」と、シュバッ。

「ばっかみたいで、弱虫っぽい題名」と、バンバン。

「書いたのも、ばかの弱虫だ」と、シュバッ。

「ばかで、弱虫で、アホ騎士《きし》のアーサー」と、バンバン。

「さあさあ、ふたりとも、つまらないこと言うのはおよしなさい。アーサー、気にしないのよ」

女の人が言った。

アーサーはなにも言わなかった。ふたりの男の子たちの顔は見ない。女の人のことも。わたしのほうも見ない。

わたしは新しい虹色の眼鏡《めがね》ごしに、アーサーをしっかり見つめた。

そして立ちあがると、アーサーのテーブルに歩いていった。

「アーサー、書いたの、見せてもらえる？　この男の子たちはきっと、アーサー王や円卓《えんたく》の騎士たちのことなんか、聞いたこともないにきまってる。まだ、スーパーマリオやソニックみたいなテレビゲームのレベルなのよ」

シュバッとバンバンは、キーキーわめきだした。女の人はあっけにとられている。

アーサーはまっ赤になった。でも、自分の本をわたしのほうに押してよこした。

「ほら」

アーサーの言い方はぶっきらぼうだったけれど、わたしが受け入れてもらえたのはわかった。

わたしは椅子《いす》を持ってきて、アーサーのテーブルに座った。でも、書こうとすると、シュバッとバンバンが、たえず、消しゴム攻撃をしかけてきた

り、ついたりする。

そこで、アーサーとふたりで、わたしが座っていた小さなテーブルに移った。

わたしは、その週、ずっと、創作教室に通うことにした。アーサーとわたしは、毎日、いっしょに座った。ふたりで、新しい物語を書きはじめたのだ。中世《ちゅうせい》の美しい魔女、マンディアナ・ザ・マジックと全能の魔法使い、ダーク・アートの物語。わたしたちは、かわるがわる物語を書き、どのページにも挿《さ》し絵を描いて、わたしのフェルトペンセットで色をつけた。

わたしが、突然、図書館に現れて、アーサーが喜んでいるのがわかった。口にはあまりださなかったけれど。内気なんだ、わたしみたいに。わたしに積極的だと思われたくないんだ。

お昼になると、アーサーのお母さんが迎えにくる。わたしたちが創作教室にいるあいだ、図書館の公文書保管所《こうぶんしょほかんじょ》で調べものをしているのだ。アーサーと同じ青白い顔でぼさぼさ髪、おまけに、おそろいのアノラック(注)を着ている。ちょっと変わったお母さんだけど、話すと、とてもおもしろい。おそろしい魔法のすごいアイディアをだしてくれるし、毒薬や薬草のことをとてもよく知っている。

わたしのお母さんとアーサーのお母さんも、仲良くなった。

(注)アノラック…フードつきのウィンドブレーカーのようなもの。

アーサーのお母さんは、「創作教室がなくなったら、マンディーを午前中うちへよこしたらいいわ、大歓迎《かんげい》よ」と言ってくれた。

「きっと楽しいよ、ね、マンディー？」

そう言いながら、アーサーはまた赤くなった。

「うん、そうね」わたしは答えた。

もちろん、ターニャといるほど楽しくはないだろう。とてもくらべられない。

でも、アーサーなら、いい。アーサーは友だちだ。

ところが、結局、翌週、アーサーの家へは行かなかった。

金曜日にお母さんが迎えにきたとき、なにかたいへんなことがおこったのがわかった。

お母さんの目は赤く、顔もはれぼったい。お腹《なか》がきゅっとなった。

「お母さん、どうかしたの？」

アーサーのお母さんとアーサーがいるので、お母さんは、なんとか、平気な顔をしようとしていた。

「べつになんでもないのよ。ちょっとショックなことがあって。それだけなの」

「ターニャのことで、なにか悪いことでもきいたの？」わたしはたずねた。

お母さんは、どうかしてるんじゃないの、と言いたそうな顔で、わたしを見つめた。

「いいえ、そんなことないわ。ただ、わたしも失業者のひとりにされちゃっただけ」

お母さんがへんな言いまわしをするので、初めはなにを言っているのか、ぴんとこなかった。

でも、アーサーのお母さんが、それは気の毒に、という口調《くちょう》でリストラの話を始めたので、わたしにもわかった。お母さんは仕事をやめさせられたのだ。

アーサー親子と別れて家にはいると、お母さんの顔がゆがんで、また泣きだした。

「泣かないで、お母さん」わたしは、おずおずと言った。

お母さんの泣き声は大きくなった。目をぎゅっとつむって、口を開けて泣いている。お母さんがそんなふうに泣くのを見るのは、初めてだった。わたしはおろおろした。困ってしまって、不安になった。

お母さんは寝室にあがっていった。わたしは、ちょっと、ためらってから、おそるおそる、ついていった。お母さんはよそいきのスーツを脱《ぬ》ぎすて、下着のまま、かけぶとんの上に寝転がった。わあわあ泣きながら。

「お母さん？」

わたしは、ベッドのはしにそっと腰をおろした。

手を伸《の》ばして、お母さんのやわらかい震《ふる》える肩をなでる。

「ああ、マンディー」

お母さんは、しゃくりあげた。そして、ハンカチを探すと、なんとか泣きやもうとした。

「ごめんなさいね。そんなに心配そうな顔しないで。世界の終わりってわけじゃないんだから。ほんと、こんなに泣くことないのよね」

お母さんの声は高くなったり低くなったり、その合間に、しゃくりあげっぱなしだった。しゃっくりみたいで、止まらない。

「別の仕事が見つかるわよ」

わたしは言った。

お母さんは、首を振った。

「どうかしらね。ああ、ほんとにつらかったの。デスクを片づけて、そのまま、でていかなきゃならなかったの。現実だとは信じられなかったわ。みんなが、まるで、おそろしい病気にかかった人を見るような目で、わたしを見るの。ボスは、わたしが、あてにならないからだって言うのよ。休みをとったことを、あれこれ言われたわ。歯が痛くなったときのこととか、あなたについてなきゃならなかったときのこととか」

「じゃ、わたしのせいなの？」

「違《ちが》うわ！ もちろん、そんなことないわよ。ボスはそれを口実に使っただけ。実際、自分でそう言ったもの。わたしはね、テンポの速い現代的なオフィスには合っていないんだって。わたしのものの考え方は、みんな、まちがいだって。まるで時代遅《おく》れなんだって。でもね、ボスがほんとに言いたかったのは、わたしが年をとりすぎてるっていうことなのよ」

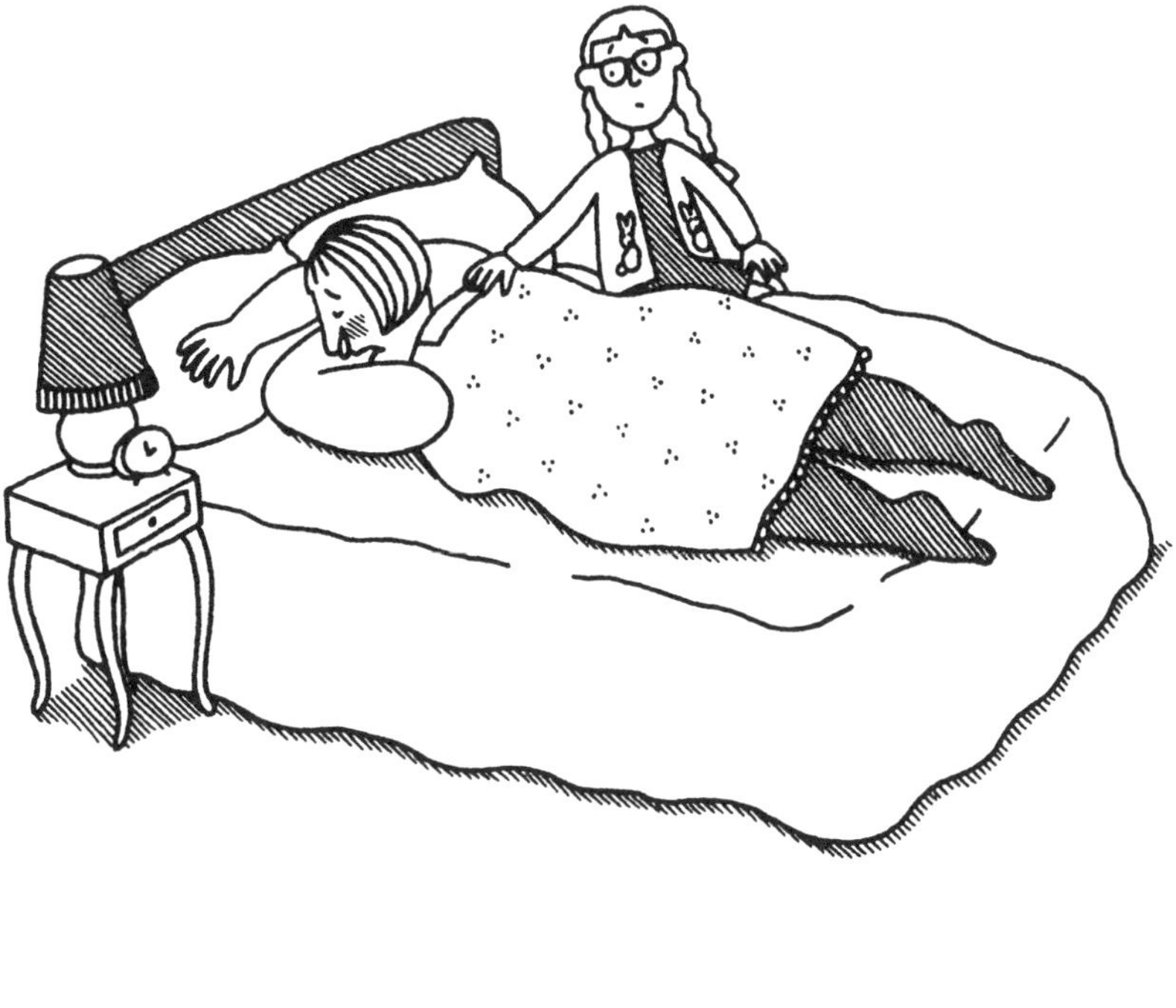

「お母さんは、年とってないわよ。あのう、それほどは」

「いえ、年はとってるわ」

お母さんは鼻をかむと、しゃんと体を起こして座った。

「そうそう、ちゃんと現実を見なきゃね。わたしは確かに年なのよ、マンディー。学校で、ほかのお母さんたちを見ると、自分があの人たちの母親でもおかしくない年なんだって、思い知らされるわ」

「お母さんは、ほかのだれの母親でもない、わたしのお母さんよ」

わたしは、両腕《りょううで》でお母さんに抱きついた。

その夏、お母さんは、いろんな仕事に応募した。でも、いつまでたっても、断《ことわ》られてばかりだった。お母さんは、すっかり落ちこんで、なんと、体重まで減りはじめた。食欲がなくなったのだ。わたしはいつも、お母さんが少しは細くなってくれたらいいのに、と願っていた。

ところが、今では、そう思えなかった。まるで、わたしの知っているお母さんが、だんだんすり減っていくみたいなんだもの。せっけんのように。もう一度、大きくて、なんでも命令したがるお母さんに戻ってほしかった。お母さんはそうでなくっちゃ。

でも、結局、うまくいった。学校が始まる一週間まえ、新しい仕事が見つかったのだ。お母さんは、デパートの事務の仕事に応募したのだけれど、コンピューターがうまく扱《あつか》えなかった。そうしたら、かわりに、パートタイムで売り場の仕事をしないかと言われたのだ。お母さんは婦人服売り場で働くことになった。そして、お祝いに、わたしを、デパートのアイスクリームパーラーへ、大きなパフェを食べに連れていってくれた。

「すてきな職場なの。いっしょに働く女の人たちも感じがいいし。まえほどのお給料はもらえないけれど、商品をうんと値引きしてもらえるの。わたしみたいなパートでも」

お母さんは、唇《くちびる》のアイスクリームをなめてから、背の高いグラスの残りを、スプーンでこそげとった。

「アイスクリームの値引きがないのは残念だけど」

お母さんは、また元気になった。

わたしも元気になれたら、どんなによかっただろう。まだ、ターニャがいないのが、さみしくてたまらなかった。確かに、アーサーはいるけれど、ターニャと同じではない。それに、月曜日には学校が始まる。

わたしは、また、キムとメラニーとサラの悪夢を見はじめた。

新しい学年よ、新しいクラスで、新しいスタートなんだからと、何度も自分に言いきかせた。それでも、学校へ着くと、やっぱり気分が悪くなって、じっとり、汗がでてきた。

キムとメラニーとサラは、もう、教室のうしろにいた。キムがなにかささやくと、三人は、どっと笑いながら、わたしを見た。

また始まった。わたしはどこに座ったらいいかわからないで、つっ立っていた。

どの女の子にも、ちゃんと友だちがいる。わたしには、だれもいない。

アーサーがいちばん前に座っていた。アーサーは、自分の隣《となり》の机をたたいて言った。

「ねえ、マンディー。ここへ座りなよ」

わたしはアーサーの顔を見つめた。

男子と座る女子なんていない。そんなことしないの、このクラスでは。

「アーサーの隣になんて、座れないわよ。あなた、男子だもん」わたしは小声で言った。

「ごりっぱな理屈だねえ！」

アーサーは眉《まゆ》をあげてみせた。

「だから、どうだっていうのさ？」

わたしは考えた。ほんとうだ、だから、どうだっていうんだろう？ わたしは、アーサーの隣に腰をおろした。キムとメラニーとサラが、ばかにしたようにくすくす笑った。男の子が何人か、ピューッと口笛をふいて、くだらないやじを飛ばした。

「ばかなやつら」アーサーが言った。

「ばかな人たちだね」わたしもうなずいた。

「ばかなのは、あのふたりじゃない。ちびのがり勉ふたり組。ほかに友だちがいないから、ふたりでくっついてるのよ」キムが言った。

キムの悪口はつづいた。

でも、なにを言われても、ちょっと、ちくっとする程度で、ナイフでぐさっと刺《さ》されるようには感じなかった。キムの言うことはほんとじゃないってわかっていたから。わたしには、ちゃんと友だちがいるもの。まず、ターニャ。世界じゅうでいちばんの友だち。それに、アーサーもいる。

わたしたちは、そのまま、いちばん前でいっしょに座っていた。

今度の六年の先生、モウズリー先生は、気にするようすはなかった。

キムとメラニーとサラは、うしろで、三人いっしょに、くっついて座っていた。

モウズリー先生は、そんなことは許さなかった。

「そこの三人。そんなにくっついていたら、せまくて、なにもできないでしょう。だれかひとりが、空《あ》いた机に移りなさい」

メラニーとサラは、お願いだから、というようにキムの顔を見た。

どちらも、キムと座りたがっている。

キムはゆったりとほほえみながら、ふたりの顔をかわるがわるながめた。キムがどちらを選ぶか、どちらを追いだすか、クラスじゅうが首を伸《の》ばして注目した。

「あなたがキムね？」

モウズリー先生が言った。

先生は、もうキムの名前を知っている。学校じゅうのだれもが、キムのことは知っている。

「あなたが空いている机に移ってちょうだい」

クラスじゅうが、びっくりぎょうてんして、モウズリー先生を見つめた。

先生はわかってないんだ。いや、ひょっとしたら、わかりすぎるくらい、わかっていたのかもしれない。

「いえ、わたしはここに座ってます。メラニーが移ればいいんだわ。サラでもいいし」

メラニーとサラは、つらそうな顔をした。

「キム、わたし、あなたと座りたい」と、メラニー。

「だめ、わたしよ。わたしのほうが、友だちになってから長いでしょう」と、サラ。

「キムが決めることじゃありません」

モウズリー先生が、ぴしっと口をはさんだ。

「先生はわたしなんだから、だれがどこに座るか、わたしが決めます。メラニーとサラは、今の席でいいわ。キム、あなたは空《あ》いてる机に移るんです」

先生は、ひと息入れて命令した。

「今すぐ！」

キムは立ちあがり、持ちものを全部空いている机に移した。

両ほほがまっ赤だ。キムは、モウズリー先生をにらんだ。

モウズリー先生はにっこりした。

「けっこう。これで全員ちゃんと座れたわね。授業を始められるわ」

みんな、まだ、あっけにとられていた。モウズリー先生は、ふわふわした金髪の若い先生で、ふわっとしたパステルカラーのセーターを着ていることが多い。先生自身も、とってもソフトでふわふわした人だろう、とみんな思っていた。とんでもない。先生はものすごく強い人だ。

モウズリー先生の六年のクラスは、好きになれそうだ、とわたしは思った。
新しい授業がいろいろ始まった。一学期は、ずっと、ヴィクトリア時代のことを勉強する予定で、ふたりで組んで、なにか研究テーマを、ひとつ選ぶことになっていた。アーサーとわたしは、アーサー王とその騎士《きし》や悩める乙女《おとめ》たちを好んで描いた、ヴィクトリア時代の画家たちを取りあげることに決めた。
クラスのほかの子たちは、子どもの生活、使用人、ファッション、鉄道とかいったテーマを選んでいた。モウズリー先生は、わたしたちふたりを、うんとほめてくれた。とってもユニークで、おもしろい研究になりますよって。

キムが、オエーッとへんな声をあげた。モウズリー先生は眉《まゆ》をしかめたけれど、べつに叱《しか》ろうとはしなかった。キムのことなんか、たいして気にかけていないみたいだった。

六年生の科目で、新しいのがひとつあった。それは、時間割では金曜の午後になっていた。〈サークル・タイム〉という時間だ。なんなのか、わからない。

「たぶん、分度器《ぶんどき》でサークル（円）を描くんだ」

アーサーはそう言いながら、筆箱から分度器を取りだした。

「じゃ、模様《もよう》をつくるのかな? それなら、わたし好きだわ。あとで色も塗《ぬ》れるし」

わたしは言った。

でも、サークル・タイムでは、円は描かなかった。わたしたちが円になったのだ。

机をうしろにやって、椅子《いす》を丸く並べて座って。

モウズリー先生もサークルに加わった。

キムも、今度は、メラニーとサラのあいだに座れる。キムは、ふたりのあいだにどっかり座りこんだ。

アーサーとわたしは、もちろん、並んで座った。

「サークル・タイムは、特別な時間にしようと思います。クラスみんなで丸くなって座って、いろいろなことを話し合うんです」モウズリー先生が言った。

「へえー、きっと、先生がセックスについて話してくれるんだ」

キムがこう言って、みんな、くすくす笑った。

モウズリー先生も笑った。

「きょうはしません。ちょっと静かにして聞いてちょうだい。サークル・タイムは、いろいろなイシューを話し合う時間です」

「イシューってなんですか、モウズリー先生？」

「イシュー！　イシュー！」

キムが、くしゃみのまねをした。

「イシューというのはね、今、わたしたちが気になっている事柄のことです。話し合ってみたいこと……」

「テレビの人気ドラマとか？」

「そうじゃないわ。テレビの人気ドラマでも、いろいろな問題が扱《あつか》われてはいますけどね。ともかく、きょうのサークル・タイムでは、いじめについて話し合いたいと思っているの」

と、モウズリー先生は言った。

とたんに、しーんとなった。

みんなが、キムを見た。

キムのほっぺたは、木の人形みたいに赤くなった。

みんなは、メラニーとサラの顔も見た。

そして、わたしのほうも。

わたしは気分が悪くなってきた。

そんなこと、話し合いたくない。

キムとメラニーとサラが、叱《しか》られるようなことになったら、三人は、わたしが告げ口《つぐち》したと思うだろう。わたしは、モウズリー先生をにらんだ。先生は事態《じたい》を悪くしてしまう。でも、モウズリー先生は、わたしに、にっこりしてみせた。みんなにも、笑顔を向けた。金色の輪のような髪に、くっきりと囲まれた先生の顔は、すっかり、落ちつきはらっている。

先生は、新聞を取りだすと、学校で、三人の男の子に、いつも、たたきのめされていた男の子の記事を、読んでくれた。その子の、あざだらけになったかわいそうな顔の写真も、見せてくれた。

クラスのみんなが、おそろしいことだと言った。

次に、先生は、ずっと、なぐられたりけられたりしたあげく、こわくて学校へ行けなくなり、首をつって自殺してしまった女の子の記事を読んだ。

わたしたちは、これについても話し合った。

「その男の子や女の子がどんな気持ちだったか、考えてごらんなさい」

と、モウズリー先生は言った。

みんな、ほんとうに、悲しくおそろしい気分になってきた。

「首をつった女の子のことなんか考えたくない。こわい夢を見そうだもん」メラニーが言った。

「こういうことについて考えるのは、気持ちのいいものじゃないでしょうね。でも、あなたたちも、もう六年生よ。年令も上になって、ものもわかってきているわ。つらい大人の問題でも話し合えるはずよ。さて、こういういじめっ子をどうしたらいいと、みんなは思いますか?」

「その子たちも、たたきのめしたらいいんだ」

「どこかに、閉じこめちゃえばいい」

「二度と、だれも口をきいてやらない」

　みんなの意見は、どんどんきびしくなってきた。

「できないこともあるし、あまり効《き》きめのないこともあるわね。先生はね、まず、なぜ、いじめをするのか、考えてみるべきだと思うの。そうすれば、習慣化して、ひどくなるまえに止められるかもしれないでしょう。さて、なぜ、いじめっ子は人をいじめるのかしら?」先生はたずねた。

「体が大きくて、人を傷つけたがっているから」

「いじわるだから」

「人をこわがらせたいから」

「そうね。どれも、もっともな意見です。でも、もう少し深く考えてごらんなさい。いじめっ子って、幸せかしら？」

モウズリー先生は問いかけた。

「人を痛めつけてるときは、幸せです」

「それはそうでしょうね。でも、考えてみて。自分がとっても幸せなときのことを。たとえばお誕生日。家族や友だちみんなに、ぎゅっと抱きしめられて、すてきなプレゼントをもらって、最高の気分のとき。さて、そんなときに、だれかを痛めつけたいと思うかしら？」

みんな考えた――そして、首を振った。

「もちろん思わないわね。だれにでも、やさしくしたいと思うでしょう。じゃあ、最悪の一日で、学校では失敗するし、友だちはほかの子のほうへ行ってしまうし、両親はきげんが悪くて、妹はなにかしてもらっているのに、あなたは叱《しか》りつけられたりしたら……それでも、人にやさしくしたいと思う？　それとも、いじわるになる？」

「いじわるになる！」

わたしたちは答えた。

「もちろん、そうよね。そして、もし、妹がそばにきて得意そうにしてみせたら、突きとばしたり、ばかとか、言ったりするんじゃない？」たいていの子が、うなずいて笑った。

「だって、それは、ほんとうのいじめじゃないよ。ぼく、妹はがまんならないけど、頭をけとばしたり、自殺に追いこんだりはしないもの」

みんな、もっと笑った。

ところが、モウズリー先生は真剣《しんけん》な顔つきだった。

「でも、それは、まさに、いじめなんです。いじめといっても、ひどく傷つけられたり死んだりといった、おそろしく悲惨《ひさん》な、ニュースになるようなものばかりとはかぎりません。この学校で、そんなおそろしい事件がおこらないのは、ほんとうにありがたいことです。でも、集団でだれかひとりをいじめる、なんていうことなら、考えられるでしょう？」

今度は、だれも笑わない。

わたしは、またお腹《なか》が引きつってきた。

「だれかひとりが、いじめられます。そして、それが習慣化します。ほかの子も加わります。

みんな、自分がいじめられたくないから、いじめっ子の側につきたがるんです」先生は言った。

「自分から、いじめられたがっているような子もいますよ。ばかだから」

だれかがつぶやいた。キムかもしれない。

モウズリー先生のふわふわした髪の下には、するどい耳が隠《かく》されていた。

「いじめてもらいたがる人なんて、だれもいません。でも、あなたの言うとおり、ばかだから、という理由で、いじめられることはあります。あまり、気持ちのいい言葉じゃありませんけどね。だれかがあまり賢《かしこ》くないとしても、それはどうしようもないことです。賢くないからというだけの理由で、人をいじめるなんて、とんでもないことです」

「とても頭がいいからという理由で、いじめられることもあります」

突然、アーサーが声をあげた。

「たとえば、だれかがクラスでいちばんになって、自分も頭がよくて、いちばんになりたいと思っていたいじめっ子が、それを気に入らなかったりする場合に」

モウズリー先生はうなずいた。

「なかなかするどい意見ね、アーサー」

何人かが、ひそひそなにか言っては、お互いにつつき合った。キムという声が、数回聞こえた。マンディーという声も。

「具体的な名前はあげないんですよ。いいですか、これは一般的な討論《とうろん》なんですからね」

先生は注意した。

メラニーとサラは、もじもじしていた。キムのほほは、イチゴみたいな色だった。

「だれかがいじめられていたら、必ず言わなくてはいけません」

サークル全体に目を走らせながら、モウズリー先生は言った。

「お母さんや、お父さんに言いなさい。先生にも言いなさい。それでも問題が片づかなかったら、別の先生に言いなさい。いじめられている人は助けを必要としています。それでも問題が片づかなかったそして、いじめているほうも、助けを必要としているのです。そういうことをするのは、かわいそうな人で、心に傷を負っていたり、考えが足りなかったりするからです。わたしたちは、そういう人を気の毒に思い、気持ちをわかってあげなくてはいけません、たとえ、人を傷つけたり、悪いことばかりしていてもね。悪口やくだらないからかいだって、人をひどく傷つけることがあるわね、そうでしょう？」

先生は、また、みんなを見まわした。

「なにを言っているかわかりますね。へんな顔をしてみせたり、くだらないことを言ってはやしたてたり、まるで、動物園のサルの群《む》れみたいにね。いじめっ子というのは、マントヒヒみたいなものです。ほら、あのへんてこな顔でまっ赤なお尻《しり》の、大きなサルがいるでしょう」

モウズリー先生が、お尻というと、みんながどっと笑った。

「一番大きなマントヒヒは、ギャーギャーわめきちらして、小さいのに噛《か》みつきます。ほかの体の大きなのも、ノミをほじくりながら、まねしてキーキーわめきます。さて、このクラスには、まっ赤なお尻のいじめっ子マントヒヒみたいなまねをしたい人は、だれもいませんよね?」

みんな首をふった――メラニーとサラでさえ。キムは頭をたれていた。

それからあとは、キムはわたしにかまわなくなった。放課後の待ちぶせも二度となかった。

どっちにしろ、キムはひとりだったし。

メラニーとサラは、もう、キムとつき合おうとはしなかった。かわりに、ふたりだけで行動するようになった。

メラニーは、また友だちにならないかと言ってきた。わたしは、いいわよと答えたけれど、一番の友だちってわけではない。今ではアーサーがいるもの。わたしたちは、学校でずっといっしょに座り、昼休みはいっしょに遊び、バス停までいつもいっしょに帰る。

お母さんは相変わらず、たいていは迎えにくるけれど、もう、だれもからかわないから、気にならない。

わたしは、今でも、ある日、ターニャが、道を走ってくるんじゃないか、ショートパンツ姿で、サンダルをカタカタ鳴らして、やってくるんじゃないかという望みを、捨てられないでいる。

ついに、ターニャから便りがあった。葉書が一枚だけで、住所も書いていないけど。

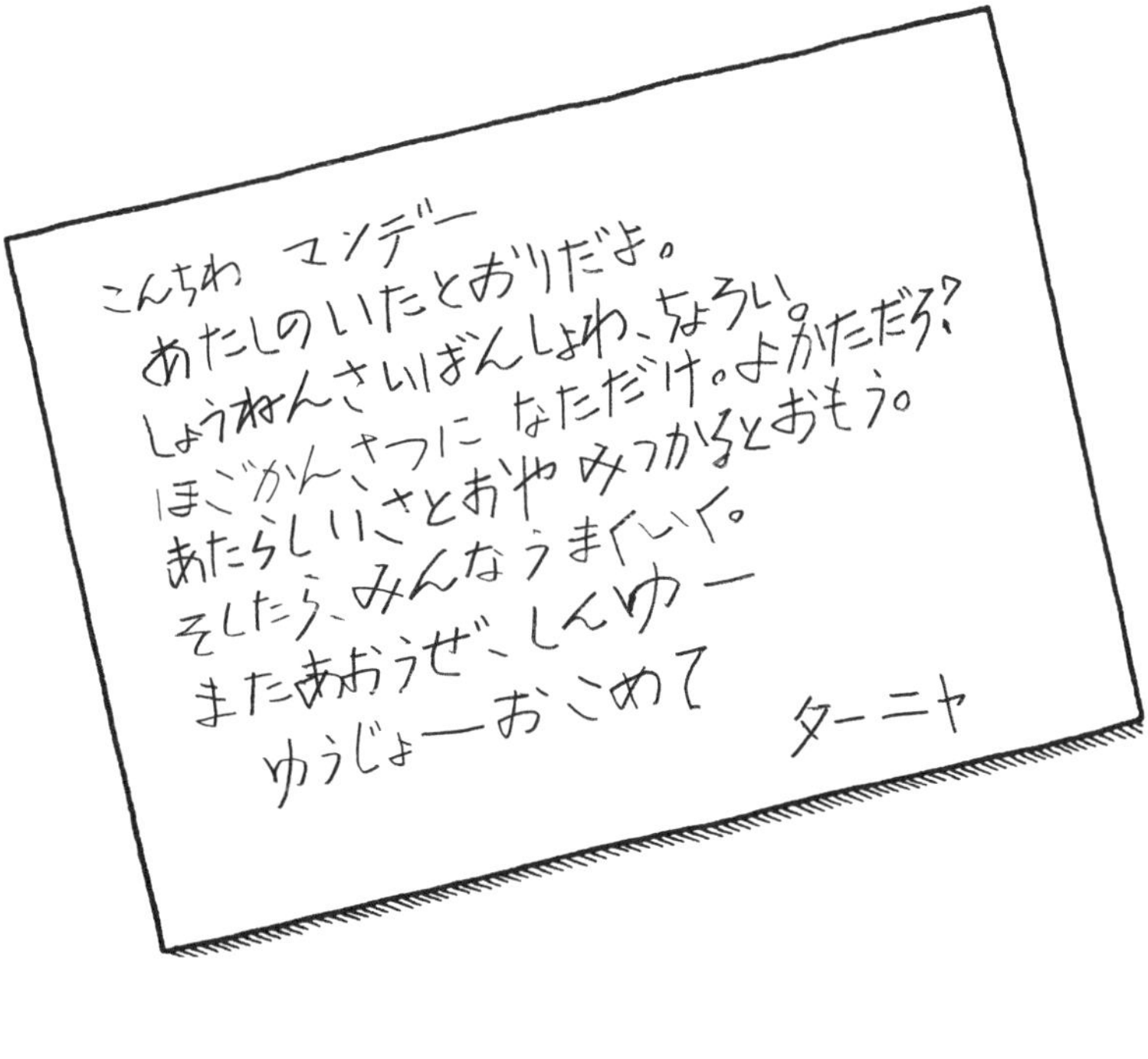
こんちわ　マンデー
あたしのいたとおりだよ。
しょうねんさいばんしょわ、ちょろい。
ほごかんさつに　なただけ。よかただろ?
あたらしいさとおや　みつかるとおもう。
そしたら、みんなうまくいく。
またあおうぜ、しんゆー
ゆうじょーおこめて
ターニャ

「また会おうぜ」だって。いつか、ほんとうに、また、ターニャに会いたい。ずっと、願いつづけるんだ。ターニャが会いにきてくれないんなら、わたしが、もう少し大きくなってから、ターニャを探しに行けばいい。わたしたちは、なんてったって、いちばんの親友どうしだもの。ぜったい、また、会わなくちゃ。どこかで——

訳者あとがき

この本の作者ジャクリーン・ウィルソンは、イギリスでもっとも人気のある児童書作家のひとりです。これまで数々の賞を受賞。およそ百冊にのぼる著書の売上総数は本国だけで二千五百万部を越え、二〇〇五年には桂冠児童文学作家に任ぜられ、二〇〇八年には男性のナイトにあたるデイムの称号を授与されています。読者を大切にすることでも有名で、作品のイメージどおりのあたたかくて親しみやすい人柄《ひとがら》にふれて、いっそうひきつけられるファンも多いようです。

ウィルソン作品の特徴は、子どもの目線そのままの一人称の語りです。問題のある家庭や施設で育った子が主人公だったり、貧困や虐待、親の病気など、重いテーマが扱《あつか》われていたりするのですが、語り口はカラッと明るく、必ず希望を感じさせてくれます。

この『マイ・ベスト・フレンド』では、日本でも大きな問題となっている「いじめ」が描かれています。おとなしい優等生のマンディーがクラスのボス的存在のキムにいじめられるシーンから、物語は始まります。マンディーの両親や学校の先生たちはいじめに気がついていて、心配してくれるのですが、マンディーはつらい気持ちを正直にうちあけることができません。自分の両親がほかの子の親たちよりずっと年をとっていて、過保護で考え方が古いのをマンディーは気にしているのですが、キムはそんなところをたくみについてくるからです。

ところが、落ちこんでいたマンディーに、年上でかっこいいターニャという新しい友だちができます。世間からは問題児扱いされているターニャのやさしい心を、マンディーはまっすぐな目で見きわめて、親友になります。そこへ悲しい事件がおきて、ふたりは別れなければならないことに。

でも、マンディーは物語の初めとくらべると大きく成長しています。気弱だったマンディーが、創作教室でほかの男の子たちにいじめられているアーサーをかばい、友だちになるのです。そして新学年が始まると、新しい先生のおかげでクラスの意識が変わり、いじめはなくなります。

いじめは、いろいろな問題がからみあっていて、その形もさまざまで、これだけ大問題になっていても、なかなか、なくなりません。先日、アメリカの、とあるいじめ撲滅《ぼくめつ》キャンペーンで、とてもいい言葉を見かけました。「チューズ・カインド」、日本語にすると、「親切にすることを選ぶ」という意味です。いじめを見かけたとき、みなさんなら、どんな態度を選びますか？　目をそらしたり、見なかったふりをするのは、らくかもしれません。けれど、マンディーとアーサーが、おたがいのためにしたように、勇気をだして、いじめられている子に寄りそう子が増えたら、〝味方だよ〟という態度を選ぶ子が増えたら、いじめは、しぜんと減っていくのではないでしょうか。この本を読んでくださったみなさん、どうか、自分になにができるか、ちょっと考えてみてください。

親友どうしのマンディーとターニャが、どこかでまた出会うことができますように！

二〇一二年八月　　小竹由美子

こちらもおすすめです！ぜひ読んでみてください

『バイバイわたしのおうち』

作／ジャクリーン・ウィルソン
絵／ニック・シャラット
訳／小竹 由美子

　両親が離婚することになったアンディーは、どちらについていくか決められず、結局それぞれに再婚したふたりのところを、１週間ごとに行ったりきたりすることに。突然できた５人のきょうだいたちとのかかわりや、変化していく友だちや先生との微妙な関係など、おもしろくないことばかりですが、うさぎの人形「ラディッシュ」を支えに少しずつ新しい生活を受け入れていきます。そして、新しい出会いも…。

童話館出版　ISBN 978-4-88750-157-7　21.5×15.5cm　216 P

作者／ジャクリーン・ウィルソン（Jacqueline Wilson）
1945年イギリスのサマセット州バースに生まれる。ジャーナリストを経て作家となる。イギリスで最も人気のある作家のひとり。また、たいへんな愛読者で、１万冊以上の蔵書に埋もれて生活していると言われている。
　作品に『みそっかすなんていわせない』『おとぎばなしはだいきらい』（カーネギー賞候補）『バイバイわたしのおうち』（チルドレンズ・ブック賞、産経児童出版文化賞）『ふたごのルビーとガーネット』（スマーティーズ賞、チルドレンズ・ブック賞）など多数。

画家／ニック・シャラット（Nick Sharratt）
1962年イギリスのロンドンに生まれる。美術学校を卒業後、雑誌や児童書のイラストレーターとして活躍。ジャクリーン・ウィルソンのほとんどの作品にさし絵をかいている。また、絵本の絵に『あかちゃんはどこから？』（ポプラ社）などがある。

訳者／小竹由美子
1954年東京生まれ。早稲田大学法学部卒業。『バイバイわたしのおうち』（童話館出版）『みそっかすなんていわせない』『ふたごのルビーとガーネット』『ダストビン・ベイビー』（ともに偕成社）など、ジャクリーン・ウィルソンの作品を多数翻訳した。その後、児童書だけでなく、ヤングアダルトや一般書など幅広い分野で活動している。
　香川県在住。三人のお子さんの子育てを終え、現在はたくさんのお孫さんのおばあちゃんでもある。

子どもの文学●青い海シリーズ・20

マイ・ベスト・フレンド

2012年10月20日　第１刷発行
2020年９月20日　第９刷発行

作／ジャクリーン・ウィルソン
絵／ニック・シャラット
訳／小竹由美子

276P 21.5×15cm　NDC913
ISBN978-4-88750-188-1

発行者　川端　翔
発行所　童話館出版
長崎市中町５番21号（〒850-0055）
TEL095(828)0654　FAX095(828)0686
http://www.douwakan.co.jp
印刷・製本　大村印刷株式会社

※この作品は、偕成社より2002年に初版刊行されたものを、一部修正して出版したものです。